文芸社セレクション

もう一度、茂に逢いたい

十二年間にわたる
糖尿病の七つの合併症との壮絶な闘い

松永 久美子

文芸社

まえがき

早くに両親を亡くし、兄妹五人で力を合わせて生きてきました。

その中で茂は一番親孝行者でした。

わずか二十歳で、父の葬儀、それから八か月後には介護をしていた母の葬儀も一人でこなしました。長男が身体が弱く、私は遠くに嫁いでいた為、弟妹の面倒まで見てくれました。

そんな茂は四十四歳の時、脳梗塞でたおれ、糖尿病が発覚し、合併症で目が見えづらくなり働けなくなりました。そして鬼嫁のK子に、一円のお金も持たされず、着の身着のまま追い出されたのです。死を覚悟して私の所へ来た時には、脳梗塞が原因で右手足は不自由になって、糖尿病の合併症によって悪くなった目は失明寸前の状態でした。

一番幸福にならなければいけない茂が一番不幸で、一番先にこの世を去るなんて、余りにも非情としか思えませんでした。

姉チャンが治してあげると言いながら、苦しみや痛みを和らげてあげる事も、病気を少しでも良くしてあげる事も、少しの幸福を味わわせてあげる事も出来ませんでした。

それでも茂は、つらいとも悲しいとも、又何一つ我儘も言いませんでした。唯時折り別れた子供の事を想って、「学校には行ってるかな」とか、「ごはん食べてるかな」とか、猫のコロを抱き日なたぼっこをしながら、独り言を言う事が時々ありました。

茂の人生とは何だったのでしょう。子供の時の大ヤケド、大きな交通事故、両親の死、悪女に騙され結婚、糖尿病と合併症で働けなくなり、鬼嫁に追い出され子供達に会えず、寂しく、十二年の闘病生活の末、六十歳の若さでこの世を去るなんて……。一度でも幸福を味わう時期があったのでしょうか。

死に目にも逢えず、茂は私に何も言わずに去ってしまいました。「サヨナラ」だけでも、「姉チャン、最期まで側に居てくれなかったね」でも、「くやしい」とか何でも良い、夢でも良いから一言何か言って欲しいのです。

茂がこの世を去ってから七年、夢枕にも一度も出てきてはくれません。

夢でも良い、もう一度、茂に逢いたいです。

茂（当時49歳）と私、生まれ故郷の熊本・熊本城前にて

目次

五年振りの再会

　平成九年二月十一日。午前九時過ぎ、電話のベルが鳴った。何回か鳴って受話器を耳に当ててると、それは四、五年音沙汰の無かった、すぐ下の弟の声だった。

「久しぶりネ、元気だった?」電話の向こうではしばらく返事が無い。

「どうしたの、元気がないけど」と言いかけると「姉チャン、俺、姉チャンの所へ行ってもいい」と聞かれた。私は、いつものように遊びに来るものと思い、簡単に返事をした。

「うん、いつでもいいよ」と。すると弟は、

「姉チャン……お金……送って」と言い出したので、いきなりお金の事を言う弟の言葉にとまどいながら聞いた。

「お金っていくら、何に使うの、今すぐ?」

「俺、目が見えないいんだよ、だから、電車で行くからお金送って」と言う。一体弟の

身に何が起きたのか。とりあえず、電車賃と食事代を銀行から送金し、家へ帰ってすぐに弟に電話を入れた。

「二時間ほどで茂チャンの口座に入るらしいから、足利駅に着いたら、すぐに電話して。駅まで迎えに行くから」

「うん分かった、姉チャン、ありがとう」と言って電話は切れた。

なぜ弟は、目が見えず、お金をもってないのか、なぜ一人で私の所へ来るのか。私の家へ来る時は、今まで家族皆で車で来て、一人で来る事は一度も無かったのに。特に正月には、毎年、家族四人でいつも二、三日泊まっていたのに。一人で来る、目が見えない、お金が無い、何という事だろう。こんな事、私が離婚して二十年の間、初めての事、とにかく一刻も早く茂に逢って、事情を聞かなくては。

お金は、もう着いた頃だろう。もう電車には乗ったのか、昼食取ったのかと、考えれば考えるほど、時計ばかりが目に付き、何も手に付かずで時間が過ぎた。

夕方、五時少し廻って、電話のベルが鳴った。弟からで「姉チャン、駅に着いたよ。迎えに来て……」と言う。

「分かった。五、六分で着くから、改札口から離れずに、待っててネ」と、すぐに車を走らせ、駅へと向かった。

駅のすぐ前に車を止め、改札口に行ったけれど、そこには弟の姿はなく、改札口を入り階段を登って、駅のホームを隅々まで探したが、弟らしき姿は見当たらない。ふたたび改札口を出て、駅の中を探し廻ったけれど、弟の姿は無い。どこへ行ったのか、駅のトイレでも行ったのか、少し待ってみようと思い、改札口の前に立っていると、後ろから声がした。

「姉チャン、しばらく」

ふり向くと、何と弟が、やつれはて、頭は白髪が多く、着ている物はうす汚れたジャンバーによれよれのズボン、左手には杖をつき、右肩にはくたびれた布のバッグをかけて立っていた。

私は思わず「あっ」と声を出してしまった。四、五年逢わなかった弟の変わりはてた姿、私よりも五歳年下なのに、どう見ても六十過ぎの年寄りにしか見えない。

私達五人兄妹の真ん中で、誰よりも、父や母の一番良い所を受け継ぎ、好青年で、若い時は、東宝の映画監督さんにスカウトされたが、はずかしがり屋で口数も少なく、本人はもとより両親がやっと断ったものだった。まだ四十八歳の働きざかりなのに、実の弟が目の前にいても分からないほど変わりはてた姿を見て、私は人目もはばからず涙してしまった。

言葉もなく、車に乗せ、我が家へと進んでいると、弟が、前を向いたまま、ポツリと言った。

「姉チャン、俺、死ぬまで姉チャンの所に居てもいい？」

私は、その言葉を聞いて、ドキッとした。何日か、泊りがけで遊びに来たのとばかり思っていたのだ。何事かあったのかと、不安は感じていたが、死ぬまでとは、おだやかではない。

運転しながらも、チラチラと弟の方を見ると、下を向いたまま何も後の言葉はなく、私も不安を抱いたまま家に着き、夕食の後にゆっくりと話を聞く事にした。

「少しテレビでも見てて。すぐ夕食の用意をするからネ」と言うと、

「姉チャン、何でも良いよ、早くして。俺、朝から何も食べていないから」と言う。

「どうしてK子は、朝食を用意してくれなかったの？」と聞くと、

「うん、もう俺が仕事出来なくなってから、食事の支度はしてくれなくなって、一日の食事代五百円くれるだけ。目が見えなくなってからは、くれない日もあるし、何も食べさせてくれない日もある」と言う。

何とひどい嫁のK子だろう。

K子のことは生まれた時から知っていた。母とK子の母親が友人だったから、家族

ぐるみでお付き合いをしていた。K子は男一人女三人の兄妹の真ん中で、近所や学校でもいじわるで、皆に嫌われていた。私達も他の三人とは仲良く遊んでいたが、K子だけとは、遊んだ記憶がない。それほど誰からも嫌われていた。

弟と結婚する何年か前、東京の実家に遊びに来て、よく近所のパチンコに行き、その店員と仲良くなり、結婚して、子供が一人生まれた。しかし、掃除、洗濯がきらいで、昼間はテレビの前でゴロゴロして、子供は泣かせっぱなしで、部屋は汚れ、お姑さんにいつも注意されても、返事だけだった。お姑さんも、ついに激怒し、子供を引き取り、嫁のK子だけ追い出された。

離婚後、何事もなかった様な顔をして私の実家に入りびたりになり、弟に嘘をついて、私に結婚の許しを請うようになった。

私は、K子の性格をよく知っているし、決して、弟は幸福になれないと分かっていたので、ガンとして反対し続けた。私の家に来ない時は電話で、弟は、結婚の許しを一年以上請い続けたが、私は許さなかった。K子と一緒になれば、弟が不幸になるのは目に見えていた。弟には幸福になってほしい。弟はそれほどお人好しで誰にでも優しく、思いやりのある、しっかりした男だったから、K子とは、絶対に幸福になれないと分かっていたからだ。

悪知恵は人一倍働く女で、ある日、二人して「子供が出来たから、二人の結婚を許して下さい」と言ってきた。今まで、余りK子から許しを請いに来なかったのが、今回は強気で、子供を理由にもう許してもらえたものと、K子が勝ち誇った笑い顔で言ってきた。これもK子の作戦か？　弟が、一年以上も許しを請うても、らちがあかない為に、計算したにちがいない。私が子供が大好きで、妹や親戚の小さい子供をよく預かって、子守をしているのをよく知っているから。

私は、その時、心の中で泣いた。そして、怒りがこみ上げてきた。

「バカな茂、騙されて、同情して」悔しかった。

「茂、姉チャンは、この結婚を認めると、一生後悔する事は火を見るより明らか」

それでも弟は、

「姉チャン、K子はかわいそうな女なんだ。子供を姑に取られて、勝手に追い出されて。だから俺が守ってやりたいんだよ」と言うのだった。

K子の言うがまま信じ切っているが、事実は違う。相手の男性は良く知っている。何回かお姑さんとも「結婚する時も、離婚してからも」話をした事があるから、良く知っている。恋は盲目と言う、まさに、茂はその通りなのかもしれない。初めて女性と付き合って、騙されたのだ。子供が出来たと聞かされ、私は許したのを、今でも後悔している。

　二十三年も夫婦として生活し、子供も二人いたら、夫が病で苦しんでいる時、一般の妻なら、夫を介護すると思う。けれどK子は違った。

　パートが終わるとすぐには家に帰らず、パチンコ屋に行き閉店までいるか、又、パチンコ屋で知り合った男性と遊んでは、家へ帰ってくるのはいつも十二時近くで、帰ってくるとすぐ風呂に入り、その後はすぐに寝てしまう日々だったそうだ。弟が働いたお金は、生活費をのぞいて、ほとんどパチンコ代に換わったし、又弟が働けなくなってからは、K子が留守の時に、サラ金や、役所の集金の人が、後を絶たなかったと言う。市県民税はもちろん払わず、預金は全然なかったと言う。

　弟は、自分で仕事を大きな会社から下請け、会社の依頼を受け海外まで出張し、外国の人達の指導に何か月も行っていて、給料はみんな、口座に振り込まれていた。弟は、かなり預金はあるものと思っていたらしい。

　弟が私の所に来てからも、サラ金会社が何件も来て、払ってくれと催促があった。何とサラ金だけでも三百万近く、市にも五十万ほどあり、ローン会社と合わせると四百万ほどにもなった。

　私は、弁護士に相談して、弟の身体の状態や医者の診断書を付け、お金は弟が使用したのではなく、K子が勝手に借りたものである事を書面にして、各社に送った。
ある会社は、私が送った書類などを持って、私の自宅まで事実を確かめに来た。私は弟の部屋へと案内し、ベッドに横になっている姿や、目が見えず、書類を見せられても分からない様子を見せた。又、弟の筆跡も違っていたし、もっともおどろいたのは、二十三年も連れ添った夫なのに、書類に記入してある弟の生年月日が違っていた事である。本人が借りて書類に記入したのであるならば、自分の生年月日を間違えるはずがない。

弟が脳梗塞で倒れ、糖尿病が分かり、それでも働けるうちは、多少目が見えなくても働いていたと言う。二度目に脳梗塞で、右手、右足が不自由になってからは、仕事が出来なくなり、自宅で何もする事なくいたと言う。

働いている時は、少し小遣いをもらって、コンビニで弁当を買って食べていたが、仕事が出来なくなってからは一円のお金ももらえず、一日中、水ばかり飲んで過ごした日々もあったと言う。我慢が限界になり、「何か食べさせて」と言うと「何言ってるのよ、働けないくせに。もう、貴方なんか用がないから出て行ってよ」と怒鳴りつけられるという日々が続き、そんな生活の中で弟は、病院にも行けず病は進む一方で、途方に暮れ、重い気持ちで私の所に助けを求めて来たのだった。

私は、弟の話を涙ながらに聞いていた。今更、余りおどろかなかった。K子のやりそうな事だ。結婚前から、私は分かっていた。こんな日が来る事を。だから一年以上も反対したのに、後悔先に立たず、とはこの事だ。

弟も私があれほど反対した意味が分かって、私の所へすぐには来られず、どれほど我慢し、つらい日を過ごして来たのだろう。過ぎた事は仕方が無いが、どうしてこんなに病が進むまで、K子からこんなにもむごい仕打ちを受けながら一緒に一つ屋根の下に居たのだろう。もう少し早ければ、右手右足が動かず目が見えなくなるまでにはならなかっただろうに。なぜ昔の事は忘れて、私に相談してくれなかったのか。一週間ほど過ぎて、何も言ってこないK子に電話を入れた。するとK子はいきなり「お姉さん、私はもう面倒は見きれません」と言うなり一方的に、私に一言もしゃべらせず、電話を切ってしまった。私はあきれ、失望と悔しさと怒りが頭の中でめぐりめぐって、ただ電話の前で涙を流すだけだった。やはり、どんなに茂に許しを請われても、この結婚は反対すべきだった。今更ながら、後悔先に立たず、その私の姿を、茂はじっと見上げたまま何も言わない。K子が私に何と言ったか想像が付いたのだろう。

茂の二十三年間の結婚生活は何だったのだ。一生懸命家族の為に、遊ぶ事すらせず、仕事と家族を守り、少しの痛み苦しみも我慢して頑張ってきたのに、病気で働けなくなったら、着の身着のままでハイ、サヨナラと追い出すなんて、あまりにも無情すぎる。

私達の両親は、若くしてこの世を去った。姉の私は、弟の嫁に不自由をさせまいと、又茂にも肩身のせまい思いをさせまいと、いろいろな面で世話をしてしてきたつもりだ。茂の長男が生まれた時も、長女が生まれた時も、自分の店を休み、何日も茂の家に泊まり込み、退院するまで世話をし、出産費用も全部出してやった。又、K子の父親が亡くなった時も、福岡まで帰る費用と小遣いまで持たせ、香典代わりだと言って、一円も返金はしなくていいよと、茂に渡した。この二十三年、K子には頭を下げてもらう事はあっても、茂をこんなに粗末に扱われる理由はない。

茂に対して余りにもむごい仕打ちは、人間として絶対に許せない。茂は、私が見る。私の子供達も、人並みではあるが、一人前に成長した。私も余り丈夫な身体ではないけれど、生きている限り見る。私が動ける内は命に換えても茂を守って見せる、と決心すると、少しは気持ちが楽になった。

食事は普通の物を作り、家族で食べた。糖尿病がどんな病なのか皆目見当が付かない。私は初めて聞く病名だった。茂が久々に、

「やっぱり姉チャンが作ったもん、おいしいネ。俺、ミソ汁だけは姉チャンに負けん

が、その他は母チャンと姉チャンにはかなわないや」と嬉しそうに、にこにこと食べる姿を見て、目頭が熱くなった。

一日も早く病気を治して、元気に働けるようにしてあげなくては。この若さで目が見えないなんて考えられなかった。まだ四十八歳という働き盛りの男性が杖を突いているのを見ると、まだやりたい事も夢もあるだろうにと、心が痛んだ。

地元で一番大きな日赤総合病院へ連れて行った。

二人して診察室に入り、今までの経過を茂が自分で話し始めた。ある程度話し終えると、いくつか検査に廻り、その結果が出るまで、又三、四十分待たされた。再び診察室に呼ばれると、

「奥さん、どうしてこんなに悪くなるまで放っておいたのですか。もう少し早く来られれば失明も脳梗塞も防げたかも知れません。とにかく今からすぐに入院して治療しなければ、もっと合併症が出てくる恐れがありますので、入院の手続きを行って下さい」

私は理解に苦しんだ。糖尿病だの失明、又、合併症など初めて聞く事ばかりで、ただ「ハイハイ」と答えるしか、言葉が出てこない。初めて大変な病だと知った。

茂は入院はいやだと言う。「姉チャン帰ろう、もういいよ」と下を向いたまま言っ

た。傍で私と茂の会話を聞いていた先生は、

「あ、お姉さんでしたか。失礼致しました。てっきり奥様と勘違い致しまして」と頭を下げて下さった。

茂がどうしても入院を嫌がるので「今日は一旦家へ帰って良く話し合い、又、明日出直して参ります」と先生に理解を求めて、茂の手を引いて診察室を後にした。

病院を出て車に乗せ、家に着くまで十五分近く、茂は一言も喋る事なく、家の中に入っても黙って下を向いたままだった。私から声を掛けた。

「茂どうして入院しないの？　姉チャン、病気の事はよく分からないけれど、先生が入院しなさいと言う事はよほど悪いのじゃないの？　入院して一日も早く良くなった方が、茂も身体が楽になるでしょう」

茂は口をつぐんだまま、ただ下を向いて何も答えない。いつまで待っても言葉が出てこないので、私はいらだたしくなって、

「茂、黙ってたんじゃ話にならないでしょう。何とか言いなさいよ、どうして入院がいやなのか」気持ち半分、私は怒声ぎみで言った。

茂はやっと顔を上げ、重い口を開いた。

「姉チャン、俺が入院するとお金がかかるだろう。世話になってるだけでもお金がか

かっているのに」と、茂はお金の事を心配していた。

　私が三十六歳で離婚し、十歳の娘と五歳だった息子を女手一つでやっと育て上げたあとに、交通事故で三年間も入退院し、お金を余り持ち合わせていないのを、茂は気付かって、遠慮していたのだ。

　茂は昔から自分の事は後回しにして、周りの人達を気遣う心の優しい子だったから、自分は生きる事をあきらめ、死を待ちながらその日その日を過ごせれば良いと思っていたのかも知れない。だから、初めて足利の駅に迎えに行った帰りの車の中で、私に「姉チャン、死ぬまでここに居ても良い？」と言ったのかも知れない。

　胸が詰まった。自分の身が大変なのに、私の事を気遣かってくれてありがとうと、心の中で呟いた。

「茂、今は何も言わず、何も考えず、姉チャンの言う事をよく聞いて。姉チャンは、大金は無いよ。少しの預金は美紀の結婚資金の足しにと取ってある。けれど今、一番大事な事は、茂の病気を治す事でしょう。病気が良くなったら働いて返してくれれば良いしね」と私は言った。茂は少し考えていたが、やっと頭を持ち上げ、

「分かった。姉チャンに苦労かけるけど世話になる。働けるようになったらお金は返すから。よろしくお願いします」と頭を下げ、私の顔を見て、何か吹っ切れた様な顔

になった。私もその言葉を聞いてホッとした。

姉チャン入院するよ　～失明の恐れ～

翌日は、入院の支度をして早目に出掛けた。病院に着いて受付を済ませると、入院の為待たされる事なく病室にすぐ案内され、しばらくして、ナース室に呼ばれた。ナース室には、外来で診て頂いた先生とは別の入院担当の先生が椅子に座って待っていた。

「奥さん、佐藤さんの病気はかなり進行して居ります。左目もほとんど失明し、右目もかなり悪い状態です。血糖値が少し安定したら、片方ずつ目の手術を行いたいと思いますから、入院はかなり長くなると思います」

何の知識もない私は、想像もつかない入院生活になりそうで、不安がつのる。

「先生、長いってどれほどの期間なのでしょうか？　手術をすれば、左目は見えるようになるのでしょうか？」

「そうですね、現在、血糖値が三八〇ほどあり、血圧も二六〇もありますので、脳梗塞を起こさないように安定させてから手術になりますので、三、四か月は見て頂かないとと思います」と言われた。そして私が帰る際、

「奥さん、糖尿病食の作り方をどこかで勉強なさいましたか？　もしなさっていないようでしたら、この病院の小会議室にて、毎週第一、第三火曜日の午後二時より行って居りますので、この用紙をお持ちになって勉強して下さい」と渡された。

私の頭の中はこんがらがるばかりで整理が付かない。糖尿病、インスリン注射、失明、眼の手術、糖尿病食、低血糖、何もかも初めての事ばかり。

十歳と五歳の子供を病気やケガもさせる事なく、立派とは言えないが、健康に二人共社会人になり、娘は二十八歳、息子が二十三歳、やっと子供から手が離れた。「自分でやりたい事をして自分の人生を生きてネ」と子供に言われて、私も、おけいこ事でもと思って、お花とお茶と日舞を始めて三年近く過ぎ、これから楽しみが味わえる矢先だった。

本当に大丈夫だろうか。私一人で、弟を助けてあげられるだろうか。先々不安がつのるばかりだ。この町で頼れる人も無く、親戚はほとんど九州だし。

今日は朝早くから忙しく、仕事帰りで一睡もしていないので、少し横にならないと夜の仕事にならない。それで一時自宅に帰り、明日仕事が終わったら真直ぐに病院へ

よってみようと考え、自宅へ帰った。しかしすぐには横になれず、又横になると起きられないといけないので、そのまま入浴をすませ、夕食の支度をし、明日病院へ持って行く物を用意して横になった。夕方出勤する時、病院へ持って行く物を車に積み、翌朝、仕事が終わってそのまま病院へ向かう。

病室の入口まで行くと、茂は私にすぐ気付き、ベッドに座り、嬉しそうに笑顔で迎えてくれた。が、私がベッドのそばに行くと「姉チャン、腹へった」と言う。

「朝ごはん食べたでしょう」

「だって少ないんだよ、食べた気がしないんだよ」と、ふてくされたように言い「姉チャン売店で何か買って来てよ」とねだった。

私はナース室によって、「弟が何か買って食べたいと言ってますが、よろしいでしょうか?」とたずねた。

するとと看護師さんは、いきなり怒ったように、

「何言ってるんですか、奥さん。御主人は糖尿病で血糖値が高過ぎるんですよ。カロリーが決まっておりますので、病院で出した物以外は食べさせないで下さい」ときつく言われた。

仕方なく病室へもどり、茂にそのむね話をすると、がっかりしてベッドに横になり、

テレビを付けて見始めた。新しく持ってきた着替えをベッドの下の引き出しに入れ、洗濯物を袋に入れ、テレビを見ている後ろから「茂、又来るからね」と声をかけたが、茂はふり向かず、テレビを見ながら「うん」と返事をした。ヘソを曲げているのかと思いながら病室を後にした。

茂が入院して十日ほど過ぎたある日、近所に住んでいる父方の遠い親戚の女性と養子に行った私の長兄が来てくれた。この二人とはもう長年付き合いも無く、ほとんど逢う事もなかったのに、どこで耳にしたのか、茂が入院している事を知り、二人して見舞いに来てくれた。

茂の変わりはてた姿を見て、兄は目に涙を浮かべ、彼女も何も言えず、しばらくは沈黙が続いた。そして「茂さんおだいじにネ」と、又兄は「がんばって病気を治せよ」と言って病室を出た。二人共、私とは一言も言葉を交わす事はなかったが、茂の為にわざわざ来て下さったので、エレベーターの傍まで送って行き「ありがとうね」と頭を下げて見送った。それでも二人は口を開かなかった。

入院して三か月ほど過ぎた日、ナース室の前を通りかかると、看護師さんに呼び止められた。「奥さん、先生がお話があるそうです」と言う。私は姉であることを伝えてから、茂の話に入った。

先生からは「両目とも失明の恐れがある為、手術をした方が良いので、入院中にしますか、それとも一時退院して、手術日が決まった時点で、一日前に入院されますか」というお話があった。これも糖尿病の合併症だと言う。弟と相談して御返事致しますと答えて、ナース室を後にし病室へと向かった。

茂は少しでも私に負担をかけまいとして、一時退院して又入院すると言う。私にとっては、入院していてくれる方が安心だし、茂の身体にも良いと思ったけれど、茂は一日でも入院金がもったいないし、家の方が落ち着くと言う。そのむね、先生にお話しして、一時退院する事になった。

家に着くと、茂はニコニコと嬉しそうで、すぐにネコのコロを抱いて、何か話をしていた。茂には二階の東側で一番日当たりの良い部屋にベッドを買い、テレビも少し大きめのを買ってあげた。私のヘタな料理でも「やっぱり家が良いや、姉チャンの食事の方がおいしいよ」とおせじにでも言って食べてくれるのが、私には嬉しかった。これと言って良くもしてあげていないのに、よほど元妻のK子にひどい仕打ちを受けていたのだろう。そんな姿を見ながら、かわいそうにと思った。

十日はすぐに過ぎた。目の手術の為に又入院をした。

入院翌日、手術は一時間ほどで終わりますと言っていたのに、もう二時間が過ぎても帰ってこない。余り長いので不安になってきた。二時間四十分ほど過ぎて、看護師さんが点滴の用意をして出て行かれる時に「お姉さん、手術は終わりましたが、まだ麻酔がきいています。麻酔が切れてからとても痛みを感じると思いますので、ナース室へ来て下さい。痛み止めの注射を打ちますから」と言って出て行かれた。入れかわりに、茂が片目にホウタイをしてもう片方の目はつむったまま運ばれて来た。麻酔が効いていて眠っているようだ。

私は茂の手を取り、さすりながら祈った。

「どうぞ失明しませんように、麻酔が切れても痛みが和らぎますように」と。時間がどれほど過ぎたか、手をさすり祈っていたつもりが、いつの間にかうとうとと眠りに就いていた。

その時、か細い声で「姉チャン、姉チャン」と声がした。頭を持ち上げると茂が呼んでいた。「姉チャン、目が痛い、痛いよー」とまるで子供のように泣き声で言っていた。我慢強い弟がこんな言い方をするとは、よほど痛いのだろう。すぐにナース室に連絡した。

茂は痛い痛いと言いながら、ホウタイの上から左目をさわっていた。

「茂、すぐに看護師さんが痛み止めを打ってくれるから、もう少し我慢しようネ」と耳元でささやき、病室の入口を今か今かと見つめながら茂の頭をなでていた。五、六分して、看護師さんが注射を打って下さり、痛みが止まったのか、又茂は眠りに入った。

私は仕事があるので、茂が眠っている間に帰って、夕方出勤する前に又様子を見に来る事にして家路に着いた。

今日は一睡も出来ず、おそい朝食なのか昼食なのか風呂上がりに食べ、息子の夕食を作り、茂の着替えを持っていつもより早めに病院へ寄る事にした。

目の痛みも和らいだのか、私の姿を見るなりにこりと笑った。

「茂、もう痛みは無い？」と聞くと、

「ううん、少しは痛むよ」と言った。
三、四日後に、ホウタイを取った後、見えるか見えないか心配だった。
茂は、子供の頃からとても我慢強く、人に優しく、口論やケンカなどしている所を一度も見た事がない。茂が五歳の時、一番下の妹が生まれた日に七輪でお湯を沸かしていた。何かのはずみで熱湯を両手にあびた茂は、大きな声で「熱いよ熱いよ」と叫んでいた。現在でもその時のやけどの痕が両手に大きく残っていて、私は今でもその時の事ははっきり覚えている。

又、十八歳の時、寿司屋さんに勤めていて、バイクで出前の途中に、ミキサー車にはねられ、五、六〇メートル引きずられ、奥歯二本がほほを突き破り外に落ちていた。両あごは骨折し、皮膚だけでささえていた。鼻の骨も折れ、右腕も骨折、頭から身体全体赤一色で、血のしずくがしたたり落ち、事故のものすごさを感じさせた。先生から「今日か明日が山でしょう。お呼びになる方がいらっしゃいましたらお願いします」と言われた。四日目、茂の意識がもどった。その時、母の顔を見るなり「かあちゃん腹へった」が第一声で、皆を笑わせたものだった。又二十二歳の時には、仕事から帰ってきて、夕食を終え、風呂から上がり、床に付き、どれほど時間が過ぎた頃か、いきなり苦しみ出した。あまりの苦しみ方に救急車を呼んだ。腎臓結石ですぐに手術をした。

そして又、糖尿病の合併症で両目を手術。真面目で働き者、そして心優しく思いやりのある茂が、なぜこんなにも苦しくつらい目に遭うのか。

両目の手術を終え二週間が過ぎ、近日中にも退院出来ると思っていたところに、予期せぬ事が起きた。朝、病院から電話があった。

「今日病院へ来られる時、紙おむつと着替えを持って来て下さい」との事。着替えはいつも持って行くからさほど気にしなかったが、紙おむつは何でだろうと、頭をひねりひねり、途中店によって買って行った。病室に入り、ベッドに横になっている茂に、

「茂、どうしたの?」と声をかけても返事は無く、無言のままじっと私の顔を見つめているだけだった。

　弟が何も言わないので、すぐに荷物を置いてナース室に行き、事情を聞く事にした。看護師さんが言うには、二度目の手術が終わった夜から、尿や便の出る事が自分では分からなくなったと言う。手術中に軽い三度目の脳梗塞を起こしていたと言う。私がいた時分にはそんな気配は感じられなかったのに、これからずっとおむつが必要になるのだろうか。そんな事で、結局は三週間かかって退院した。

　昼は茂の介護、夜は七時より朝まで仕事で、毎日の睡眠時間が平均三時間ほどになり、日々疲れも溜まり、時々仕事を休むようになった。娘と息子はそんな私を見て心配し始めた。「お母さんが倒れたらどうするの」と、息子は怒った様な声で「叔父さんには息子と娘がいるから引き取ってもらえば良いのに」と私が仕事を休んだ日にはよく言うようになった。「お母さんは大丈夫だから」と言ったものの、近頃は余り自信はなかった。

　退院して又一つ大きな仕事が増えた。おむつ替えだ。結婚当時、離婚した主人のお父さんが入院された時、介護でおむつ替えをした事があったので、さほど苦にはならず出来たが、やはり便の方の臭いになれるまで、しばらくは大変だった。

緊急入院　～低血糖～

ある夕方、夕食を終え後片付けをし、茂の部屋へ行って見ると、顔から大きな玉の汗をかき、パジャマはもちろんシーツまでびっしょり濡れていた。茂は苦しそうに顔をしかめていた。私はすぐにこれは低血糖だと分かり救急車を呼び、息子を大きな声で呼んで、救急車が来るまでに着替えや入院の用意を手伝わせた。

茂は日赤に運ばれ、集中治療室に入れられた。そして、先生のお話があり「もしもの事がありますので、呼ぶ方がいらっしゃいましたら呼んでいた方が良いかも知れません」と言われ、足がガタガタと震え出し、立っているのもやっとで息子の腕にしがみつき、ただお先真っ暗だった。息子が私の職場に事情を話しお休みを頂き、養子に行っている長兄と娘に電話をしてくれた。東京に住んでいる弟や妹には、娘から電話を入れてもらうように息子にたのんだ。

集中治療室は二重のドアで仕切られ、すぐ横に特別室があり、休憩や宿泊の設備がされた四帖ほどに一帖半ほどの土間があった。

東京の下の弟と妹が病院へかけつけてくれた時は、午後十一時を少し回っていた。兄と私と弟、妹と息子五人で話をし、今夜は私と下の弟、正信が泊まり、兄は息子が送ってゆき、妹は私の自宅に息子と一緒に帰る事にした。

正信は私を気遣ってか「姉さん少し横になって眠ったら。僕が起きてるから」と言ってくれた。何度か二重ドアの側まで行って見たが、中は静かで物音一つせず、看護師さんも何も言ってこない。待合室に入って横になったが中々眠れない。正信も眠らず、二人でお茶を飲んで茂の話を少しした。二人共一睡もせず、夜が明けた。兄と娘と息子と妹が来た。

「何も変わりないか」と兄が聞いた。そして兄は「東京の茂の子供二人に電話を入れといた」

と言った。その子供達二人がお昼近くに来た。何も言わず頭をペコンと二人そろって私の前で下げた。

「良く来てくれたネ、心配しないで。大丈夫だから」とそれだけしか言えなかった。口では言っても自分自身不安で心が震えていた。

そんな時、扉が開き看護師さんが出てこられ、

「佐藤さんの意識がもどりました。お一人三分ずつ三人まで逢う事が許されました。今日はそれだけで、患者さんの容態を見て先生から又指示があると思いますので、こちらに三人だけいらっしゃって下さい」と先に部屋の方へと歩き出した。

皆と話し合った結果、私と、茂の息子と娘の三人が面会する事にした。息子と娘が動揺しないように、私が先に病室に入り逢った。茂は大きな目を開け、じっと私の顔を見たが何も喋れなかった。三分はすぐ終わり、助かった事に涙しているところに看護師さんが見え「はい三分過ぎました。次の方と交替して下さい」と言って出ていった。私は茂の息子の前にいき、

「お父さんは助かったわ、もう大丈夫だから。涙を流したり弱気を見せず、笑顔を見せて元気付けてネ」と言って病室の入口まで一緒に行った。

続いて娘も面会が終わり、安心したのか、東京へ帰って行った。

兄と妹も又明日来ると言うので息子が送って、妹は二、三日私の家に泊まって茂の様子を見て帰ると言って、息子と我が家へ向かった。私と正信も、ナース室によって「茂の事をよろしくお願いします。何かありましたら電話下さい」とお願いして、私の運転で家に帰り、正信は明日茂に面会してから帰る事にした。

正信も妹もしばらく茂に逢っていなかったので、こんな状態になっていたとは想像

もしていなかったと言う。本当に二人共おどろいていた。同じ東京に住んでいながら、お互いに子供が小さく、仕事に追われていたせいか、余り行き来はしていなかったと言う。

三日目には茂は笑顔が出るほど元気が出てきた。正信と妹は安心して帰って行った。茂は一週間で退院出来た。

茂は家に帰って来るとニコニコと笑顔がたえなかった。よほど嬉しかったのだろう。息子と娘に離婚以来初めて逢え、兄や弟、妹にも皆一緒に逢えたのだから。窓ぎわでネコのコロをひざに抱き独り言を言いながら、笑顔で日なたぼっこをしていた。私は声もかけずにその場をそっと立ち去った。

それから、私は時間を作っては、日赤の糖尿病食の講習会に何度も出て、私も茂と同じ物を食べる事にした。血糖値が上がらないように、脳梗塞を起こさぬように、血圧にも気を付け、飲み物や部屋の温度にも気を配るようにした。食事は息子のだけを別に作り、弁当も作った。ただ茂の夕食前のインスリン注射をするのは、中々慣れなかった。おなかの皮膚に針をさすのがこわくて、慣れるのに時間がかかった。

介護疲れとT病院の実態と

そんな時、私の身体に変化が起きた。朝、起きようと思っても身体が動かない。身体に石のおもりを乗せられたように、一人ではとても身動き出来ない。二階から息子が下りて来て、そんな私の様子を見るなり怒り出した。「ほら言わんこっちゃない、お母さんがだめになったじゃないか」と言いながらも、私を抱きかかえるようにして起こしてくれた。こんな状態では茂の世話が出来ない。息子も娘も仕事がある。兄嫁の美佐江さんに、断られて元々と電話して助けを求めた。

美佐江さんは、気持ちよく朝の食事など引き受けてくれると言うので、すぐに息子が迎えに行った。美佐江さんは、自転車はもちろん車も乗れないため、その日は息子が会社を休んで、朝と昼の二回送迎をしてくれ、私に食事も作ってくれた。そして病院へ連れて行ってくれ、点滴をして帰って来た。

又、美佐江さんの叔父さんが市会議員をしていたので、茂の事を話してくれた。三日後、美佐江さんから電話があり、叔父さんの自宅に来るようにとの事で、私はすぐに車に乗って美佐江さんを迎えに行き、叔父さん宅へと向かった。美佐江さんがお話はしてくれていたので、スムーズに話が進み、茂の医療問題や生活の事を「少し時間を下さい。かならず良い知らせを致します」と約束してくれた。美佐江さんを送り、自宅に着いて横になると、もう又動けなくなった。五日間私は仕事を休んだ。

そして一週間目に、美佐江さんから電話があり、「茂を連れて入院の用意をして、足利T病院へ行きなさい。院長先生には連絡が取れてるから」との事だった。美佐江さんも一緒に行って下さるとの事だったので、とても心強く思い、すぐに支度をして美佐江さんを迎えに行き、病院へと向かった。茂には「姉チャンが動けないから、少しの間だけ病院で御世話になってネ」と言うと、茂は「いやだいやだ、入院はいやだ」と、言う事を聞いてくれない。「少しの間だけね、かならず早く迎えに行くからね」と説得した。

病院に着くと、すぐ院長先生とお話が出来、茂の病気の状態をお話しすると「はい分かりました」と言って身体を診察して「では明日入院して下さい」と言われた。話がちがう。今日入院の用意をして病院へ行く様に言われたのにと思いながら、又美佐江さんを送って、我が家へ帰ってきた。

とても疲れて、夕食まで私も横になった。夕食は息子に手伝ってもらって、私のと茂のを息子が作ってくれた。

翌日、朝食をすませてから美佐江さんを迎えに行き、入院する事が出来た。茂はいつまでも私の方を見ながら、目には涙を浮かべていた。そして、「姉チャン、早くネ、早く迎えに来て」と何度も言う。心が痛い、悲しい。私が弱いばっかりに茂につらい思いをさせて、ごめんごめんネ、と心の中であやまった。ナース室によって茂をお願いしますと言葉をかけて、後ろ髪引かれる思いで病院を後にし、美佐江さんを送って自宅へ帰って来た。一度に気がぬけたようになり、何も考える力もなく食事ものどを通らず横になるとすぐに眠ってしまったようだ。

六日目に、食事も少しとれるようになり、仕事にも行く事にした。余り休むと、茂さんの病院代、薬代が払えなくなる。何と言ってもおむつが一番高く付いてる。

職場に行く前に、遠回りにはなるけれど茂の所へよると、「姉チャン、帰ろう」と病室に入るなりベッドから降りて病室の入口まで歩いて行った。

その時夕食が運ばれて来た。茂をベッドまで手を引いて連れて行き、薬を飲ませ、食事をさせようとしても、いっこうに手を出そうともせず、又下を向いて涙を流していた。私は夕食一品一品はしで取って口にしてみた。酢の物のキュウリはスカスカパサパサ、ご飯はポロポロ、焼き魚は皮が真っ黒こげ、茂の涙を流す意味が分かったような気がした。一日も早く元気を取りもどし、茂を連れて帰らなければかわいそうだと「ごめんね」と謝って「明日迎えに来るから、今日は我慢してネ」と言って病院を後にした。

翌日仕事を休み、外泊届を出して連れて帰り、風呂に入れてやり、食事は出来るだけ茂の好物を糖や塩分を少な目に別の物で味付けして食べさせた。嬉しそうに全部食べ、おそくまでテレビを見ていた。私も嬉しかった。

翌日、娘が病院へ送って行ってくれる事になった。茂はいつまでも車の窓をあけたまま、「姉チャン、どうしても行かなくてはだめ？」と昨日とは別人みたいな顔をして何度も言う。つらかった。行かせたくない。けれど、今の私には何も出来ない。病院にいる方が安心だと思うから心を鬼にして、「ごめんね、もう少しだからがまんしてネ」と茂に言った。

それから二日に一度は病院へ行き、五日に一度は外泊届を出して家へ連れて帰り、風呂に入れてやり、食事は好物を作るようにした。

そんなある日、同じ病院に介護に来ている私よりも十歳ほど年上の女性の方と、茂と私で、待合室のテレビを見ながら話を始めた。

「私の妹はまだ四十代なのよ。入院して三年目になるけど、だんだん悪くなるの。だから明日退院して別の病院へ移るの。妹もこの病院も食事も嫌だって言うので。貴女達も別の病院へ移った方が良いわよ」と話してくれた。私はそんなにも良くない病院なのかと半信半疑だったが、その意味がすぐに分った。

それは二月二十八日のことだった。いつもは、病院に前もって何時頃うかがいますと電話を入れていた。その方が、茂が喜んで待っていてくれるからだが、その日は母の月命日で虫が知らせたのか、昨日も行ったので電話をせずに、茂の好物のリンゴを持って病院へ行った。病院側も二日続けて来るとは思わなかったのだろう。午後三時、茂の病室に入るなりびっくりした。何と、真冬で病室では暖房がしてあるとは言え、掛布団はもちろん毛布も無く、ベッドの上に茂がおむつ一つで真っ裸で寝かされていた。私はびっくりして「茂どうしたの」と声を掛けると、茂は起き上がり、「姉チャン、帰ろう」と一言言って目にはいっぱい涙を浮かべていた。私はすぐにバスタオルを身体に巻いてやり、すぐに持って来たパジャマを着せてやった。廊下に出て、布団と毛布を探したが見当たらず、ベッドの側に戻り、茂を抱きよせた。茂は声をころして泣き始めた。しばらくして、茂の泣きやむのを待った。茂は「姉チャン、帰ろう」と「うん帰ろうネ」と私はそれしか言えなかった。

もうこの病院にはおいていけない。やはり、あの方が言っていた通り、この病院は普通の病院ではない。今日の所は外泊と言う事で連れて帰ろうと考え、ナース室に行って外泊届を出し、裸の訳を聞いた。すると看護師さんの言い訳は「先日熱が出たので、熱をさます為に裸にしておいた」と言う。昨日私が午後六時三十分まで茂の側に居て、何でもなかったのに、それはおかしい。それに熱が出ればこの病院は皆裸にするのか？　夜勤の先生がいるはずだから、診察して、薬を出すとか水枕などするはずと思ったが、私は何も言わず、茂を連れて帰った。

家に着いて茂に聞いて見た。するととんでもない看護師のうそ。私が味見をした後、茂はほとんど食べ残した。すると、私が帰った後、看護師が、残した罰としてすぐに布団と毛布を持って行き、おむつ一枚の裸にしたと言う。丸々一日裸にしていたのだ。

そう言えば茂と同室に八十過ぎのおじいさんがいた。その老人が大きな声で歌を歌っていた。それも上手とは言えない。むしろ叫んでいると言った方が正しいかも知れない。「カラスナゼナクノカラスハヤマニ、カラスナゼナクノカラスハヤマニ」と同じ歌詞を何回もくり返し歌っていた。そこへ看護師二人が手に白い紐を持って入ってくるなり、老人の両手両足を大の字にしっかりとサクに縛りつけた。老人は叫んだ。「もう歌わないから助けてー」と何度も何度も。それでも看護師は何知らぬ顔で、私達五人が見ている（病人や付き添いが見ている）ところで平然と縛り終えると、ブツブツ言いながら病室を出て行った。皆あっけに取られ、背筋がゾッとした。それから二日目に行って見るとその老人は縛られた翌日亡くなり、家族に引き取られて帰られたとの事、何と恐ろしい病院だろうと思った。

今日茂を連れて帰って良かった。手遅れになってからではどうしようもない。茂は夕食もいらないと言う。いつもなら家へ帰るとニコニコしていて、「姉チャン、腹へったアー」と言うのに、どうも様子がおかしい。おでこに手を当てて見ると熱い。熱を計って見ると九度三分もある。私はすぐに救急病院に電話をして、車に乗せ連れて行った。

先生はすぐに診察をして下さり、私を叱りつけるように、

「お姉さん、どうしてこんなになるまで放っていたのですか。あと一時間近く遅れたら大変な事になっていたんですよ。弟さんは肺炎を起こしています。糖尿病の肺炎は命取りですよ」と言われた。

私はありのままを話した。「弟は夕方までT病院に入院して居りました」と。先生は、医者も看護師も何も気付かないのはあり得ないから、信じられないような話だと言った。すぐに点滴を始め入院する様、看護師さんに部屋の用意を指示して下さった。

私は先生に診断書を書いて頂き、明日T病院に退院の手続きに行って来ますと言って帰って来た。

翌日T病院へ診断書を持って行くと「院長室へどうぞ」と事務員に通され、すぐに院長が入って来られた。院長はいきなり「肺炎なんて信じない」と私がうそを付いているように言われるので、昨日書いて頂いた診断書を出して見せた。T病院の院長はじっと見ていたが、すぐ横にあった受話器を取りダイヤルを廻し、「私はT病院の院長だが、佐藤茂さんの事でお聞きしたい事がありますので、そちらの院長先生をお願いします」と言った。私はすぐに分かった。茂の入院先の病院へ確認の電話だった。しばらくして院長先生が出られたのか、色々と医療用語で話されていた。私には所々しか分からなかったが、T病院の院長は納得されたのか「それではよろしくお願いしますす」と言って、受話器を置いて私の方を向き、椅子から立ち上がり「どうもすみませんでした」と頭を下げ、そのまま部屋から出て行った。何と言う事だろう。診断書は机の上に置いたまま、茂の荷物の事も何も言わず、院長が院長なら看護師も看護師である。良かった、茂を早く連れて帰って。こんな病院もあるのだ。やはり世間の悪い噂通りの病院だった。

私は応接間を出て事務員さんに「弟の荷物を頂きたいんですが」と言うと、何とおどろいた事に、大きなゴミ袋に全部一緒にゴチャゴチャと入れてあり、掃除用具入れの物置から出してきた。重ね重ねなんてひどい病院なのか。あきれて言葉にならない。さらに家へ帰って荷物を整理したら、茂が大事にしていた祖父の形見の懐中時計が無い。又、ジュースや電話を掛けるのにと小銭を持たせてあったのが一円も無い。私は美佐江さんと一緒に、そのまま全部袋に入れて病院へ行って話をしたが、先生も事務員も相手にしてくれず、誰一人として耳を貸そうとしない。美佐江さんと私は悔しいと言うか、あきれたと言うか、言葉が無く、二人顔を見合わせ、車に乗って帰って来た。

あと二週間の命　～四度目の脳梗塞～

福島病院で御世話になるようになって、私も安心して仕事に出られ、茂も落ち着いたかに見えた。十日ほど過ぎた夜中午前一時頃、職場で仕事をしている時電話が鳴った。出ると病院からだった。何だろうと思っていると、宿直の看護師さんからで一瞬ドキッとした。

「お姉さんですか？　私は福島病院の看護師ですが、弟さんがお母さんに電話するのだと言って、病室を出てウロウロし、眠ってくれないのですが、こちらに来て頂けますか？」

と言う。

仕事中だし、お客様も大勢いらっしゃるし、出掛けるわけにはいかない。

「すみません、弟と話をさせて下さい。少し話をして、それでも落ち着かないようでしたら、すぐに行く事にしますから」と言うと、

「それじゃ弟さんと代わります」と電話を代わってくれた。

なぜ今頃、三十年も前に亡くなった母に電話するなどと考えられない事を口にして、看護師さんを困らせるのだろう。私にはどうなっているのかさっぱり分からず、茂と話をする事にした。電話の向うで、「姉チャン、姉チャン」と何度も呼んでいる。

「茂、どうしたの、こんな夜中に。姉チャンは仕事をしているのよ。それに看護師さんを困らせて病室の周りの人達にも迷惑をかけてはいけないよ」と話すと、「姉チャン、母チャンの声が聞きたいから電話して」と、とんでもない事を言う。理解に苦しんだ。とにかくこの場は何とか茂を納得させて眠らせなくてはと、

「茂、今は夜中だよ。お母さんも眠っているし、今起こしたらビックリしてかわいそうだよ。だから茂も今は眠って、明日早く目をさましたら、お母さんに電話して上げるから。姉チャンも仕事が終わったら真っ直ぐに茂の所へ行くから、二人で電話しようね。だからおとなしく看護師さんの言う事を聞いて病室に帰ってよく眠ってね」と話をすると、茂は素直に「うん、じゃ眠るから、姉チャン明日早く来て母チャンに電話してよね」と念を押した。

「茂、看護師さんと代わって」と言うと分かったのか、電話の向こうで看護師さんの声がした。

「すみません。こんな夜中に迷惑をお掛けして。話が分かったと思いますので大丈夫だと思いますが、又寝ないようでしたら、睡眠薬を飲ませるわけにはいきませんでしょうか」

と聞いた。

「先生の指示がない限り、それは出来ませんが、お姉さんのお話で茂さんの気持ちも少し落ち着いたようなので、もう少し話をして病室に連れて行き寝かせてみます。それで眠らないようでしたら又お電話します」と言って、切れた。

仕事をしながら、又電話がかかってくるのではないかと気にしていたが、かかってこなかったので、ああ、眠ってくれたのだと安心した。でもどうして亡くなった母に電話するなどと言い出したのだろう。今までこんな事はなかったのに。仕事が終わったら、その足で病院へ直接行ってみる事にした。

茂の病室に入り、茂に昨夜の事を聞いた。

「どうして夜中に起きて、皆様に迷惑をかけたの」と聞いてみると、弟は、

「おれ何もしてないよ。ちゃんと寝てたよ」と何食わぬ顔で私の方を見ながら言った。やはり脳梗塞のせいなのか、本人は何も覚えていない。母に電話する事さえも、一言も口に出てこない。私は複雑な面持ちで、手足をシーブリーズでよく拭いてやり、馬

油を手足にぬって、今日は早目に家に帰る事にした。

三月二十五日、茂の病室へ入ろうとすると「院長先生から大切なお話があるそうなので、明日午後四時までに外来の診察室に来るように」との事だった。私は何となく不安な思いで病室に入ると、その意味が分かった。

三日前に来た時はいつもと変わったところはなかったのに、今日は何と言う事だろう。目を大きく開け、天井をジッと見つめたまま大きく肩で息をし、口から出る声はうめき声と言うか「ウーウーウ」だけだった。三日前はあんなにニコニコして元気だったのに、三日間私が来なかった間に何が起きたのか。こんなにも簡単に容態が変化するのが糖尿病の合併症なのだろうか。ただ悲しくて、ベッドの横で涙を流しながら立ちすくんでいた。私は気をとりなおして、心で祈りながら、背中や手足をやさしくさすってやった。それからこんな姿の茂を残して仕事に行くのは後ろ髪を引かれる思いだけれど、急に仕事を休む事も出来ず、とにかく、明日午後四時に、又美佐江さんに御願いして一緒に行って頂くよう電話した。美佐江さんは気持ち良く引き受けて下さった。

翌日、院長先生の話から、入院している間に四度目の脳梗塞を起こしたが、手術が出来ない為、あと二週間が峠と言われた。私は二週間と聞いて、椅子に座っていても足がガタガタと震えてくるし、頭の中が真っ白になり、その後、院長先生が何を話されたのか全然聞こえていない。一人闇の中に入っていて、心の中では大きな声で泣き、その時間は長く長くつらい時間だった。

先生の話が終わったのか、美佐江さんが「久美子さん、立って」と私の腕をもち上げるようにして言った声で、ハッとし、立ち上がって院長先生に頭を下げ診察室を出て、茂の病室に来た。長い廊下をどう歩いて来たか、院長先生や、美佐江さんとも話したのかさえ覚えていない。茂は相変わらず大きな目を開いたまま天井を見つめたまま、昨日とずっと同じで、夜は目をつむって眠ったのだろうかなどと思い、美佐江さんと顔を見合わせて涙を流しながらただ立ちすくんでいた。

それでも私の手は動いていた。いつもやっている、シーブリーズで身体をふく事を、茂は「とても気持ちがいい」と喜ぶから、すみずみまでふいてやり、最後は馬油をぬってやると「姉チャン、身体がかゆくならなくていい気持ちだよ」と言ってくれていたが、今日は何も言わない。相変わらず「ウーウー」と、苦しいのか何なのか、私には分からない。身体をふきながら「茂がんばれ、死んだらだめ。ガンバレ、お父さんもお母さんも見守ってくれてるよ。だからガンバって、姉チャンと家へ帰ろう」と何度も何度も心の中で叫んだ。

病室を出て、あっと気がついた。あの時、母チャンの声が聞きたいと騒いだのは、きっと今日の事の前触れだったにちがいない。母が病院で苦しんでいる弟を迎えに来たのかも知れない。私の身体の弱いのを心配して、最後に茂のニコニコした姿を見せ安心させて家へ帰したのか。

二人は何も語る事なく車に乗り発進した。すると美佐江さんが、

「久美子さん大丈夫だよ。きっと茂さんがんばるわよ。もしもよ、もしもの事があっても、それは仕方ないじゃないの、茂さんの寿命だから」と私を慰めてくれた。

分かっている、分かっているけれど、茂はまだ五十二歳。まだ若い、まだ死なせたくはない。

「美佐江さん、どうもありがとう。忙しいのにいつも心配かけたり迷惑かけたりしてすっかり御世話になって、ありがとう。又何かあったらよろしくお願いします」とそれだけ言うのが精一杯だった。

美佐江さんを送って、一人になったとたんに我慢しきれず、わわーと大声を出して泣いた。そのまま運転しながら職場へと向かった。職場の駐車場についてもすぐに車から降りられず、ハンドルに頭をあて、しばらく泣いていると、誰かがドアをたたく音がした。店によくいらっしゃるお客様だった。

「ママ、どうしたの」と心配そうに見つめていた。私はあわてて涙をふき窓を開け、「ありがとう、心配かけてすみません。ちょっと弟の事が気になって」と言うと、そのお客様は弟の事をよく知っていたので、「ママ、元気出して。きっと良くなるから」と励ましてくれて、「じゃ先に中に入ってるよ」と言って階段を登って店の中に入って行った。いつまでもメソメソしてたら、茂もがんばれない。自分がしっかりしないと、と気持ちを入れかえ店の中に入って行った。

店へ入るとマスターが近くにいて、私の顔を見るなり、「何かあったのか」と聞いた。

「茂があと二週間の命だって」と、それだけ言うのが精一杯だった。それ以上何かを口に出せば又泣けてきそうで、又、マスターもそれ以上聞こうともしなかった。

翌日から、仕事が終わると真っ直ぐに病院へ行き、茂の容態を見て家へ帰り、洗濯物や紙おむつを持って五時頃ふたたび病院へ行き、身体全身をやさしくさすりながら、「どうぞ茂の命を助けて下さい。茂がんばれ。ガンバッテ、姉チャンと家へ帰ろう」と祈り、語りかけながら何度も何度もさすった。

七時になると、面会時間が終わり帰らなくてはならない。午後七時少し過ぎ病院を出て、職場に行き仕事をする日々が五日続いた。私は疲れがひどく、とうとう職場で仕事中倒れてしまった。マスターが息子に電話して迎えに来てもらい、その足で救急センターへ連れて行ってくれた。病院の先生は、疲労がつのり身体が衰弱しているから、二、三日入院して安静にするように、と言われた。しかし茂があと二週間の命と言われて、入院している場合ではない。私がいなければならない。入院するわけにはいかないので、今夜だけ泊めて頂き、明日の朝早く帰らせて下さいとお願いして、息子に朝七時に迎えに来るように言って、息子を返した。

息子は翌日会社を休み迎えに来て、家の駐車場に就くと私を背負って部屋まで入った。五十四歳にして初めて息子に背負われた。息子の背中は大きく温かかった。いつの間にこんなに頼もしくなったのかと、自分の身体の事よりも、おんぶされた事がとても嬉しかった。

次の日、息子が朝九時少し過ぎ、私の部屋に食事だよと起こしに来たけれど、まだ一人では起き上がる事が出来ず、食事も出来なかった。息子は、私を背中に背負い車に乗せ、私のかかりつけの病院へ連れて行った。この病院でも、ひどい過労のため、四、五日入院した方が良いと言われたが、今私は入院などしている場合ではない。弟が生死をさ迷っているのにと思い、とりあえず点滴だけをして帰った。結局茂の病院には四日間行く事が出来なかった。息子も会社を三日休み、四日目には会社に行ったので、私一人で点滴を打ちに自分で運転して行った。

茂の病院へ電話すると、

「茂さんは大丈夫ですから、お姉さんゆっくり休んで下さい」と励ましとやさしい言葉を頂き、甘える事にした。

夕方、息子が帰って来て、風呂の用意や食事も作ってくれ、少し食べられるようになった。明日は必ず茂の所へ行こうと決め、早目に横になった。

やっと五日目に元気が出てきた様な気がした。朝、着替えや紙おむつを持って病室に入ると気のせいか、茂が私の方を見ているような気がした。茂は私の姿を追うように見つめ、そばまで行って声をかけると、私の顔を見上

平成11年9月、福島病院にて。散歩

げて、ニコッと笑った。

「茂、大丈夫?」と声をかけると、「うん」と小さな弱々しい声だけれど返事が返ってきた。

「よかった、よかったネ」ただ涙が出て「ありがとう、お父さん、お母さんありがとう。ご本尊様、茂を助けて下さり有難うございます」と心で叫び、茂の手をしっかりと握りしめた。

もう大丈夫、死なない。きっと元気になる。

そして家へ連れて帰ると思っていたところに、師長さんと二人の看護師さんが茂のベッドに近づいてきて、三人笑顔で、

「佐藤さん、よくがんばったわね、もう大丈夫よ。お姉さんよかったですね。佐藤さんは峠を越えました」

と言って、三人の看護師さん達は手をパチパチと叩いて「よかった、よかった」と茂と私の顔を見つめながら皆で喜んで下さった。

何と温かい人達だろう。こんなにも一人の患者を大切にして下さる、そして自分達の事のように喜んで下さるなんて、本当にこの病院へ入院させてよかった。これがT病院だったら、もうとっくに茂は生きていなかっただろう。肺炎さえわからず危な

かった病院だから。

私は涙ながらに、

「これも院長先生始め皆様方のおかげです。ありがとうございました。ありがとうございました」と何度も頭を下げてお礼を言った。

それからすぐに公衆電話で美佐江さんに、茂が助かった事を話し、もう安心だからと伝えた。

美佐江さんも大変喜んでくれた。

茂は、日々食欲も出て来て、リハビリを受けるようになり、三日に一度は私が病院へ行き、車椅子に乗せてリハビリ室に連れて行った。終わるまで、椅子に座って居眠りをする事もたびたびだった。リハビリが終わると、病室に帰りベッドに寝かせ、いつものとおりシーブリーズで身体をふき、馬油をぬりながら、マッサージをした。そして、今度はいつ来るからねと約束して、病院を後にした。

右足切断の恐れ

ところが一難去ってまた一難か。車椅子に乗せてリハビリに行こうとすると、「姉チャン、足が痛い」と言う。

「どっちの足？」

「右のほう」私が靴下を脱がしてよく見ると、かかとの方が少し赤くなっている。

「茂チャン、少し赤くなってるからだよ。リハビリで歩く練習をする時、靴下をはかずにいたからすれたんだと思うよ。あとで馬油をぬっとけばすぐ良くなるよ」と、私はその時簡単に考えていたが、後になってこれが大変な事になる兆しとは知るよしも無かった。

念のため、帰り際にナース室によって看護師さんに話を通して帰った。看護師さんは、明日院長先生の回診があるので良く診て頂くようにお伝えします、と快く聞いて下さった。

仕事に夢中になっている時は、茂の事が頭から消える時も時々あるが、今日はどんなに忙しくても、足のかかとの事が気になって時々手を休める事もあった。けれども看護師さんにもよくお願いしたのだし、明日は院長先生が診て下さるのだから、何か有れば又、きっと電話下さると自分自身に言いきかせ、今日は病院へ行かず家へ向かった。茂の足の事はもちろん心配だけれど、自分の疲れも取らないと、仕事も介護も満足に出来なくなると考えるようになったからだ。

家へ着くと何をする元気もなく、犬のマー君と猫のコロチャンに餌をやり、風呂に入り、そのまま横になって眠ってしまった。日頃寝付きの悪い私だけれど、さすがにすぐぐっすりと寝入ってしまった。

そして久々に夢を見た。私はよく母の夢を見る。夢の中では楽しく話をしたり、生前姉妹の様にとても仲良しだったせいか、何かあるといつも母が現れていた。ミス熊本で誰にでも誇れる最高の母、尊敬と自慢の母であるが、若く四十九歳でこの世を去った。その母が今日は笑顔ではない。暗い顔をして出てきた。

目が覚めても何となくすっきりしない。どうして母はいつものように笑ってくれないのだろう。茂に又何か起こったのか、何かを私に伝えたかったのか。

私は仏壇の前に行き、手を合わせて、

「お父さん、お母さん教えて。又茂に何か起きるのか。そんな事ないよね。きっと元気になって帰って来るわよね。お父さんお母さん、茂を守って」と何度も祈った。

夕方病院に行き、いつもどおり茂の身体をふいていて、足元の方の布団を持ち上げてびっくりした。右足は紙おむつの下に敷くフラットで足首をつつみ、大きなバンソウコウで留めてあるではないか。

私はあわてて身体をふくのをやめ、すぐナースセンターに走って看護師さんに事情を聞いた。看護師さんは「明日、水曜日午後四時、外来の院長先生の診察室に来て下さい。お話があるそうです」とだけしか答えてくれなかった。いつも午後四時に院長先生に呼ばれる事は、良い話はほとんどない。「はい分かりました」としか返事のしようがなく、病室へもどった。

「茂、足、痛くない?」「痛くないよ」と本人は何も感じていない様子。改めてパジャマを膝までまくり上げて見ると、膝の関節の所までむくんでいて熱っぽかった。痩せて骨と皮の足がまんまるとはれ上っているのを見て不安になった。

その時、ああ、夢まくらに出てきた母の顔が暗かったのは、この事を暗示していたのかとやっと分かった。

私がバカだった。なぜ、すぐに来なかったのか。前に足が痛いと言ってた時、なぜ徹底的に検査をしてもらわなかったのか。簡単に考えていた私の不注意だった。

不安な思いで病院を後にし職場へ向った。仕事をしていても、茂の足が気になって、時々手を止めては考えた。なぜ足のキズ口にガーゼではなくフラットなのか、おしりにおむつと一緒につけるフラットを、なぜ足首に一枚そっくり巻いてテープで留めてあるのか。

翌日仕事が終わると家に帰り、着替えや紙おむつを用意して少し横になり、四時に間にあうように家を出た。

一度病室に入り着替えを置き、洗濯物を入れ替えて、

「茂、姉チャン、院長先生の所へ行ってくるからネ」と言うと、茂は不安そうな顔で私を見上げた。「大丈夫だよ、いつ退院出来るか聞いてくるだけだから、少し待っててネ」と嘘をついて茂を安心させ、外来の院長先生の診察室前のソファに座って待っていた。

呼ばれて行くと、院長先生はカルテに目を通し、それから、私の顔を見つめて、

「お姉さん、佐藤さんの足の事ですが、膝から足首までの間が腐って、かかとから膿が流れています。ガーゼや包帯では間に合わないほど流れていますので、フラットをあてがっています。このまま止まらず、熱が出てきた場合、万が一と言う事になりま

す」と言う。

「万が一とはどのような事でしょうか」と聞き直すと、

「お姉さん、歌手のMさんご存知ですか?」

「はい、知っております」

「Mさんも長年糖尿病をわずらって居られ、足が腐り、Mさんの場合は両足でしたが、切断しましたね。佐藤さんの場合は右足の膝から下が腐ってきて、大量の膿が出て、ガーゼでは間に合わず、フラットを使用して吸い取っているのです。もしこの膿が止まらず、高熱が続くようでしたら生命にかかわりますので、膝から下を切断しなければなりません」

と説明された。

一難去って又一難、またしても茂を苦しめ、足を切断しなければ命がないと言う。なんと恐ろしい事、茂の片足を切断した姿を想像しただけでも背筋がぞーっとした。

返す言葉もなく、院長先生の言葉に耳をかたむけているだけで、何と答えて良いのかわからない。

「どうしても切らなくてはいけないのでしょうか、いつ頃になりますか」と、私は何をどのように聞き、質問すれば良いかも言葉の整理がつかず、頭の中では弟の右足が浮かんで、涙が今にも出そうだった。

院長先生の話が終わり、茂の病室に行く途中の廊下を歩きながら、「茂に何て話そう、何と言えば茂は納得するだろう。いや、きっと足は切らないと泣き叫ぶだろう。いや本当の事は話せない、まだ話さない方が……もう少し様子をみよう」と色々考えているうちに、いつの間にか茂のベッドの横に立っていた。幸いにも茂は眠っていた。寝ている弟の顔をじっと見つめているだけで、何も言えず佇んでいるだけだった。

我に返り、布団をそっと持ち上げ、茂の足をじっと見つめ、太ももから足の先までそっとなでるように触ってみた。いつも骨にすぐ皮がついているくらい痩せていたのに、右足は丸々と腫れ上がり、赤みをおび熱かった。触りながら涙が出て、声を押し殺して泣き出してしまった。

どうして、次々と痛み苦しまなければならないのか、なぜ神様は茂をこれほどまでに苦しめるのか。いいや、この世に神様はいない。いるならば、茂のように真面目で働き者で、親孝行者をこんなにも苦しめるわけがない。悪い事をしたわけでもない。他人を苦しめたわけでもない。

世間では苦しい時の神頼みと言うが、私には御本尊様がいる。かならず、足も切らず、命も助けてみせる。「願いとして叶わざる事なし」の御本尊様だから、お父さんお母さん、御本尊様、どうか茂の足を切り取らせないで、一日も早く膿が止まり、熱が出ないように。お願い、茂の足を、命を守って。

足のかかとの傷口をそっと見た。又しても心が痛む。

「どうぞこの傷口をふさぎ膿を止め、足の腐るのを治して下さい。もし、それが叶わぬなら、この傷を私に移して茂の足を治して下さい」と心で祈った。

「姉チャン仕事に行く時間だから、茂もがんばるんだよ、きっとすぐ良くなるから」と何度も何度もがんばれと言って病室を後にした。茂には、最悪の場合、足を切断しなくてはいけないなんてとても言えない。先生も、もう少し様子を見ましょうとおっしゃったから、その間、私が祈り、かならず膿を止めてみせると強く決心して病院を出た。

翌朝仕事が終わって真っ直ぐに病院へ行きたかったけれど、家の事もあり、病院から持ち帰った洗濯物も洗濯しなくてはいけないし、新しく着替えも持って行かなくてはならないので、一度自宅へと帰った。そして、息子に話した。

「実は、おじさんの右足の膝から下が腐り出して、かかとから膿が出て、ガーゼでは間に合わなくて、おむつに使うフラットでないと吸いとれないくらい膿が出て、この後高熱が続くと命が危ないから、その前に右足の膝から下を切断しなくてはいけないんだって」

　と私は涙を拭き拭き声を詰まらせながら話した。だから息子にも、仏壇に手を合わせ、おじさんが良くなるように祈ってと頼んだ。

「お母さん、膿が止まれば足を切り取らなくてもいいんでしょう」

「そうなの、膿が止まって傷口がふさがってくれれば切断しなくてよいそうなの」

　話が終わり、息子は会社へ、私は病院へ持っていく物をまとめて入れ、家を出た。

　昨夜仕事が終わってから一睡もせず病院へ向かったが不思議と眠くない。いつも二、三十分しかかからない病院までの道のりが、長く長く感じられてならない。気ばかりあせって心も頭の中も茂の足の事ばかりを思い、車の速度が何キロ出ているかも分からず、ハッと気を取り直してメーターを見ると七〇キロも出ていた。びっくりして速度を落とした。

　茂は今日は気分が良いと見えて、私が病室へ入って荷物を置くか置かないかのうちに、「姉チャン、いつ帰れる?」といきなり私の顔を見上げながら言った。

　私はドキッとした。動揺を抑えながら、

「うん、もう少し足の包帯が取れれば、帰っても良いと先生が言ってたよ」と私はうそをついた。「だから茂も一日も早く傷が良くなるように、がんばって祈りなさい」

「うん」と茂は素直に軽くうなずいた。

今日は身体全体と頭を拭いた後、馬油をぬり終わって、看護師さんが見当たらないのを確かめて、右足のかかとのフラットをそっと半分ほど取りはずして見た。今日はフラットが膿で少ししか汚れていない。まだ、看護師さんが取り替えたばかりなのか、それとも膿が少なくなってきたのか、どちらとも区別がつかず、私は心で祈りながらそっと馬油をぬって前のとおりに戻しておいた。

私はナース室に行き、その後の経過を聞きたかったが、ナース室には誰も居なかった。きっと各病室を廻っているのだろうと帰りかけると、「お姉さん、弟さんの傷の事ですが」という声が後ろからしててドキッとした。

その事を聞きに来たら、私が何も言わないうちに副師長さんの方から話が出た。いよいよ切断しなくてはいけないのか、又、その事で院長先生から話がありますと言われるのかと、内心不安と恐ろしい気持ちで次の言葉を待ち、おそるおそる、「何でしょうか」と聞いた。

「昨日、院長先生の回診がありまして、膿の出が少なくなってきたし、熱も下がってきましたので、とりあえず今のところ、大事に至らないようだと。でもまだ安心と言うわけではありません」とおっしゃった。

ああ、良かった。自分勝手に悪い方に先走ってしまったが、やはり先ほど見た膿は止まりかけていたのだ。きっと良くなる。歩けなくても良い。切断さえしなければ茂も安心する。私も心が少し軽くなった。

良かった、本当に良かった。父や母が守ってくれた。私と息子の祈りを御本尊様が聞いて下さった。ありがとう、本当にありがとう。それから日々膿は止まり、傷口だけはまだ良くなっていないのでぬり薬と小さなガーゼが貼ってあった。「どうぞ一日も早くこの傷口を治して下さい」と心から祈った。

そしてしばらくして傷は良くなり切断もしなくて良いようになり、茂も目に見えて日々元気になってきた。

ある日の午後、早目に病院へ行くと、たまたま院長先生が回診に見えていた。診察が終わると、傷口もふさがった事だし、傷口がきれいになれば退院しても良いと思いますと言われた。私は深々と頭を下げ、「ありがとうございました。ありがとうございました」と何度も何度も、病室を出てゆかれる院長先生や看護師さん達に頭を下げお礼を言った。

それから四、五日して傷口も良くなったけれど、右足は膝からくの字にかたまったまま、立っても真っ直ぐに伸ばしたり、引いたりと動く事は出来なくなり、一人で歩く事は出来なくなった。でも命が助かり、切断しなくて良かったのだから、喜ばなくては。これから少しずつリハビリしてゆけば、又歩けるようになるはず。良かったね、良かったねと二人で顔を見合わせて喜びをかみしめた。

退院の日、茂は「姉チャン、早く車椅子押して」と一刻も早く帰りたがっていた。そして車椅子に乗って玄関まで行く間、茂はとても嬉しそうだった。

「さあ茂、出発進行。家へ帰るよ。よかったネ」と私の方がうきうきした気持ちで車を発進させた。茂はニコニコと笑顔で前を見るだけだったが、家に近づく少し前、いきなり、「姉チャン、フライドチキンが食べたいから買って」と言う。私は車を安全な所へ止め、ケンタッキーまで行って買って来た。車を走らせながら、「家はもうすぐだから、もう少しがまんして」と言っても、茂は聞く耳を持たず食べ始めた。

私も何度か入、退院をした事があるから、好きな物を一番先に食べたい気持ちは良く分かる。茂も病院で何度もフライドチキンが食べたかったのだろう。そんな姿を見て涙が出た。

それから、家に着くと又「姉チャン、フライドチキン」と手を出した。カロリーが高いので余り一度には食べさせられない。又後でネと言うと、半べそをかきはじめた。

そんな顔を見ているとついかわいそうになり、

「ま、いいか。今日は退院祝いだから、夕食を少し落とせば」と言って半分だけ渡すとさっきの半べそはどこへやら、ニコニコして食べ始めた。

私は、家事に取りかかった。そして夕方、茂の世話をし、仕事の支度を終え、息子によく頼んだ。茂にも、

「何かあったら、大きな声で執を呼んで、やってもらってネ」と言い聞かせ、仕事に出かけた。

やっとほっとした。何か月ぶりだろう気持ち良く仕事が出来たのは。これからは病院へ行く時間も余計な仕事もはぶける。家にいれば横になったり別な事をしながらでも茂を見てあげられるし、心配も内輪で済むし、退院出来て何より喜んだのは茂だけれど、本当によかった。

三月二日に入院して、八月二十六日に退院した。何と六か月と二十四日……我ながらよくも通ったものだ。茂もよく頑張った、そして茂を守ってくれたお父さん、お母さん、御本尊様ありがとう。

嫌がる入院生活　～尿毒症の恐れ～

翌日からは夕方七時に家を出て、朝七時までに帰って来て一番先におむつを取り替え、朝食の用意、息子の弁当作り、そして茂の朝食、食後薬を飲ませ目薬をさし、それから洗濯をしながら自分の食事、風呂に入り、少し横になる。そして茂の昼食後、買い物、洗濯物入れ、茂の目薬、おむつ替え、私の昼食、茂と息子の夕食の用意、目薬そしてインスリンを打って茂の食事、食事が終わると、もう一度おむつを替え、自分の仕事の支度。息子は帰って来て自分で温めて食事をしてくれるので、これは助かる。夕方六時三十分になると、目薬をさし、おむつを見ていたずらしないようにしっかりとガムテープで固定して息子に頼んで仕事に出かける。こんな毎日が私の日課になった。

通院は三日に一回点滴をしに連れて行き、薬は一週間分もらう。これが又大変。朝仕事から帰って、すぐおむつ替え、朝食を済ませ着替えをしてやり、ベッドから車椅子に乗せて車庫まで行き車に乗せ、車椅子をしまって病院へ、病院へ着いたら病院の車椅子を使用する。車から車椅子に乗せ診察室に連れて行き、点滴をするため車椅子からベッドに寝かせる。片道だけでも、大きな茂の身体を四回も抱きかかえ乗り降りさせ、一日往復で八回、これを週に二回繰り返す事が茂を介護する上で一番大変だった。病院へ行く日はほとんど睡眠時間がなく、病院から帰って、車から車椅子に乗せベッドに寝かせて、少し遅れた昼食を食べさせ、目薬をさし、自分の昼を済ませると、もう茂の夕食の支度と息子の夕食の用意。インスリンを打って夕食を食べさせ、おむつを替え、自分の仕事の支度をして出かけると、一日横になる時間がない。茂が点滴を打ってる一時間二、三十分だけ、うつらうつらと椅子にもたれて居眠りをするだけで一日が終わる。

私ががんばらなくては、茂を見る人がいない。そう思って自分自身にムチ打って頑張ってきたのもつかの間、退院してわずか五か月、二月十八日、二日前からおむつを替えるたびにほんの少しだけれどフラットに血がついているのが気になっていた。茂に聞いてもどこも何ともないよと言う。三日目に病院へ連れて行き診察してもらうと、膀胱が炎症を起こしていて、ばい菌が入っているので入院した方がよいと言われた。茂は「いやだ」「いやだ」と泣いて「帰る帰る」ときかない。やっと生還して半年ぶりに家へ帰れたのに、又もや入院とは余りにもひどすぎると、私も誰とはなしに腹立たしかった。

私は茂の気持ちの落ち着くのを待って、

「茂、検査をするだけだから何日もかからないよ。よく見てもらって何でもなければ、今度はすぐに帰れるから、辛抱して入院しよう」とやっと納得させた。

ところがその夜中、職場に病院から電話があり、「泌尿器科の先生がお話がありますので、明日十時までに来て下さい」との事。何だろう。今日入院したばかりなのに、よほどの事なのか、茂がかなり悪いのか、不安はつのるばかり。

仕事が終わり、家へ帰って息子に話をして、一緒に病院へ行ってもらう事にした。息子に運転してもらい病院まで少し眠らせてもらった。病院に着き、通された部屋で待っていると、渡辺先生という方と見習いの先生が入ってこられ、私と息子は立ったままおじぎをした。

「ご苦労様です。どうぞ椅子に」と手をさし出して言って下さった。

「実は、佐藤さんの尿道管がつぶれて尿が出なくなり、このままだと尿毒症を起こし身体全体に毒が回り大変な事になります。急を要しましたので、御家族の方に断りなしにお腹の部分に穴を開け、そこに管を通し袋に尿を流し込むといった方法をとらせて頂きました」と説明があった。

又しても茂が痛い目に合い苦しまなければいけないかと思うと、私の方が悲しくて返す言葉もなく、ただ先生方に「ありがとうございました」と頭を下げるのが精一杯だった。

息子と私は茂の病室へ行った。茂は私の顔を見るなりつらそうに、

「姉チャンお腹が痛いよ、へそのそばが痛い」と顔をゆがめて訴えた。

私は何もしてやる事が出来なかった。布団の中からは細いホースが出ていて、ベッドの横の手すりにかけてある二、三〇センチほどの四角い袋の中に、血にまみれた尿が入っていた。それを何も言えず息子と顔を見合わせ、どちらからともなく袋にさわってみた。布団を持ち上げると、細いチューブはパジャマのズボンの中まで続いていた。パジャマのズボンを少し下げて見ると、お腹には大きな包帯がしてあり、その先は見る事が出来なかった。茂は「痛い痛い」と言い続けていた。

又もや病院へ送り戻しとは、何と言う事だろう。私の管理が悪かったのか、それともこれも糖尿病の合併症なのか。合併症とはこんなにもかぎりなく起きるのか。なぜに、こんなに茂をいじめるのか、ひどすぎる。私は、ベッドの上で痛み苦しんでいる茂を見つめながら心の中で叫んだ。

「お父さんお母さん、又茂が痛い思いをして苦しんでいる、お願い、これ以上苦しめないで、守ってあげて」私には祈るしかない。

「茂、姉チャンがナースセンターに行って痛み止めをもらってくるから少し待っててね」と言ってナースセンターに行き、話をした。

まもなく看護師さんが注射器を持って入ってきた。

「佐藤さん、今日一日痛むかもしれないけれど、明日になれば痛みもなくなるから、今日一日がんばってね。今痛み止めの注射を打ってあげるから、楽になると思うよ」と言って、茂のおしりに注射を打ち、私の方を向いて、

「佐藤さんの場合、一日一本しか痛み止めが打てませんので、今日一日がんばってください」と言って出てゆかれた。

茂は痛み止めの注射がきいてきたのか眠りについた。私はナースセンターに行き、弟が眠ったので今日は早目に帰り、又明日来ますので弟の事をよろしくお願いしますと頭を下げ、息子と病室を後にした。

帰って少し横になったが眠れない。なぜ電話一本の相談もなく茂のお腹に穴を開けたのだろう。急とはいえ、私が仕事をしているのだから、手術前にどうして連絡をしてくれなかったのだろう。明日十時に来てくれとの電話は夜中にあったのに。

先生の説明や茂の様子を思い浮かべると頭の中がこんがらがって、やっと退院してほっとしてから間がないのに、何だか夢を見ているようで、うそのよう。夢であってほしい、うそであってほしいと、あれこれ考えていると、もう気が変になりそうだった。

先生は、二週間ほどで穴の傷は落ち着き退院出来るでしょうと言われたが、明日、病院で茂に何と言おう。入院をあんなに嫌がっていたから、検査だけと言ってやっと入院させたのに、いきなりその日の夜、手術をするなんて、もう私の事を信じないかも知れない。

私は祈った。「もうこれ以上、弟をいじめ苦しめないで下さい。私が代わります。だから弟の痛み苦しみを私に移して下さい。弟に何もして上げられないが、せめて苦しみを少しでも和らげてあげたいのです」

翌日、病院へ行くと、大分傷口も落ち着いて痛みも感じなくなったのだろうか。ベッドの横に目をやるとまだウロガードの中の尿には血が混ざっている。

「茂、今日気分はどう、まだ痛む？」と聞くと、まだ気持ち的には、私に怒っているようだった。

「姉チャンは、嘘ついた。検査だけだと言ったじゃないか」と言ってそっぽを向いてしまった。返す言葉もない、私も先生にそう聞いていたし、まさかその日の夜、急きょ手術をしなくてはいけないなんて想像もしていなかった。着替えや洗濯物を入れ替え、しばらくベッドの横に椅子を持ってきて座っていたけれど、茂はとうとう一言も話をしてくれなかった。

仕方なく、今日は早目に帰る事にした。

十日ほど過ぎて、茂も少しずつ元気が出て、今度来る時はリンゴ買ってきてとかヨーグルト買ってきてと言うようになった。私も少しばかり気持ちが軽くなった。

「姉チャン、早く帰りたい、いつ帰れるか聞いて。もう病院はいやだよ」と言う。

「うん、そうね。もう大分元気になったみたいだから帰れるかも知れない。ナースセンターに行って聞いて来る」と私は病室を出てナースセンターに行った。

そして聞いて来たことを茂に伝えた。

「今日ね、午後先生が回診にいらっしゃって、傷口を見てから決まるらしいよ」

そう言うと、茂はじっと天井を見つめながら何かを考えているように見えた。そんな茂がかわいそうで、後に続く言葉がなかった。

仕事が大変だから少し早目に帰って眠らないと、と言って、長居はせず、又明日来るとも約束せず病院を後にした。

長引く入院　～肝臓の治療～

翌朝仕事が終わって、身体の方も疲労を感じないのでそのまま病院へと向かった。病室にはすぐ行かず、両手に荷物を持ったままナースセンターにより、よい知らせを茂に聞かせて喜ぶ顔が見たいと思い、

「おはようございます、佐藤茂の姉ですが」と言うと、もう朝のミーティングで話が通っていたのか、

「弟さんの事で先生から大切なお話があるそうですので、午後二時過ぎにもう一度来て頂けませんか」と言う。

と言う事は、まだ退院は無理という事か。せっかく茂に良い知らせを聞かせ喜ばせて上げたかったのに……それより大切な話とは何だろう。又何か悪い事でもあるのだろうか。茂には何と言おう。何も聞かなかった事にしようと一人自分に言い聞かせ、すました顔で病室に入って行った。

「姉チャン、退院いつか聞いてきてくれた?」と茂がいきなり言う。私はとっさにうそをついた。

「今、担当の先生がいないから分からないって。だから看護師さんが聞いておいて、明日姉チャンが来た時に教えてくれるって」

と言うと、茂は不機嫌になり横をむいて目をつむった。

それほど時間が過ぎる事なく、看護師さんが「先生が来られましたので、お話があるそうですからナースセンターへおいで下さい」と呼びに来た。私は不安な気持ちだった。又良い話ではない。きっと、又茂に悪い事が起きて、退院は出来ないのだろうと思いつつ、ナースセンターに着くと、先生はもう待っておられた。

「お姉さん、たび重なる不運と心して受け止めて下さい。茂さんは肝臓がかなり弱っております。糖尿病の合併症です。もうしばらく入院を続けて、詳しく調べて治療しなくてはなりません。今日か明日、病室を変わり、肝臓の治療にかかります」

退院どころか、又しても合併症が出てきた。なぜなのか、私の介護が悪いのか、食事が茂に合った物を作れていないのか。私は私なりに生水さえ一滴も飲ませていない。薬や食後の水分は、前日沸騰させたお湯をペットボトルに入れて冷蔵庫で冷やしておき、それを飲ませている。毎日高血圧の薬を飲んでいたが、なるべく薬を飲まなくてよいように一日一回そばやそばだんごを食事の中に取り入れ、おやつには果物のカキを大きいのは半分、小さいのは一コを二回にわけ、リンゴと合わせて一日も欠かす事なくやってきた。私が介護するようになってから四年目には、血圧も百三、四十前後で落ち着き、薬もほとんど飲まなくなった。血糖値も下がり、インスリンの注射もしなくて済むようになり、朝夕、食前に茂のおなかに「痛いだろう、毎日いやだろうに」とたびたび心を痛めつつ打ってたのも、先生に「もう打たなくて大丈夫ですよ。お姉さん食事の方でがんばりましたね。すごいですよ」と褒められるようになり、ホッとしていた矢先のことだ。又もや茂を苦しめる事になり、どうしたものか、どう茂に説明すれば良いか、茂が部屋で楽しみに待っている事を思うと中々足が進まない。

　トイレに向かい、鏡の前に立つと、顔は真っ青、これではすぐに何か悪い事だと気付かれてしまう。ホッペなど両手で何回となくたたいて顔が赤らむまでたたき、何か良い返事はないかと考え考え歩くうちに、病室に着いた。

　茂はじっと入口の方を見ていた。きっと良い返事を待って今か今かと待ち望んでいたのだろう。私は無理に笑顔を作り、茂に近づき、

「茂チャン、傷はもう少しで良くなるけど、尿の量とか不純物の検査をもう少ししたいから、もう少し退院は待ってて」と又しても私は嘘をついた。そしてじっと茂の顔

を見ていると、にこにこと私の入ってくる姿を見つめて、帰れる日をどれほど楽しみにしていたかと思われたのが、帰れるどころか、又しても入院が長引いてショックを受けた顔になったのがよく分かった。私でさえこれほどショックを受けたのだから。茂は目をつむり口をきかなくなった。何を話しかけても、目も口もあけてはくれない。私も何をどう話せば機嫌がなおるのか分からない。私の心の叫びの方が強かったかも知れない。もうこれ以上茂を苦しめないで。糖尿病とはこんなにも次々と合併症が出てくるおそろしい病気なのか。

しばらく茂の顔を見つめながら心では泣きたい気持ちを押し殺して、「茂、姉チャン仕事行くからね、又明日来るよ」と言っても返事もなく、無視しているのか、眠ってしまったのか分からない。何の返事もなく、私は洗濯物を持ち部屋の人達にあいさつをして病室を後にし、入口でふり返ったが、とうとう茂は目をあけてはくれなかった。

翌日仕事が終わり、新しい着替えを持って病院へ向かい、今までの部屋に行くと、ベッドには茂の姿がなかった。隣の付き添いさんが、

「お姉さん、弟さんは昨日の夕方、部屋を変えられましたよ」と教えてくれた。私はお礼を言って、ナースセンターにすぐ行き、茂の部屋へ案内してもらった。

　部屋は同じ階だったが、今度は六人部屋で、皆長い病院生活をしている人達ばかりで、それぞれみんな一人では動く事も出来ない重病人ばかりのため、付き添いさんがいた。

　茂も皆と同じ長い病院生活がこれから始まるのだろうかと不安な気持ちで部屋へ入ってゆくと、前日とはうって変わって、にこにこと私を迎えてくれた。

「茂チャン、気分はどう?」と聞くと「うんいいよ」と機嫌は良かった。その言葉を聞いて内心ホッとした。

　でも、なぜ急に手術をしたり、勝手に部屋を変えたりしたのか、又先生の話では膀胱口の傷が良くなれば退院出来ると言っていたのにと、不安な気持ちはあったけれど、茂が明るく笑顔でいてくれたのが何よりも嬉しかった。

　部屋の人達には手ぶらであいさつをするわけにはいかない。荷物をベッドの横に置き、一階の売店へ急ぎ、ウエットティッシュを五コ買い、部屋の付き添いの一人一人に「佐藤茂の姉です。弟をよろしくお願い致します」と渡して廻った。それから茂の洗濯物を入れ替えていると、いきなり茂が「姉チャンおれには? おれリンゴがいい」と言った。部屋の人達は皆、くすくすと笑った。皆さんに食べ物でも渡したのかと思って見ていたようだ。もう脳梗塞を四回も起こして人間でもっとも大事な脳幹部がやられているので、先生の話では五、六歳の知能しかないと言う。「お姉さん、まともに相手をするとお姉さんの方が変になりますから、あくまでも子供だと思って接して下さい」と言われた事がある。

「そうね、今日はリンゴ持ってこなかったから、明日おいしいリンゴ買ってくるよ。だから今日は我慢してネ」と言うと、意外と素直に「うん」とうなずいて、テレビを見出した。

二時間近く病院にいて、仕事もあるので帰り支度をしていると、

「姉チャン、リンゴ忘れないでネ」とちゃんと覚えていた。

「うん、大きくておいしいのを買ってくるよ。だから皆さんに迷惑をかけないで、おとなしく看護師さんの言う事をよく聞いて待っててネ」と言うと、「うん」と今日はとても明るく素直な返事が返ってきてホッとした。部屋の人達にあいさつをして部屋を後にし、職場に向かった。

翌日リンゴを買って持って行くともう私の姿を見るなり、「姉チャン、リンゴは？」と手を出した。

「チョット待っててネ、きれいに洗って、皮をむいてくるから」と、共同台所に行き、皮をむき食べやすいように薄く切って茂に渡すと、おいしそうに半分ペロリと食べて

しまった。「姉チャン、もっとちょうだい」と手を出す。これ以上は病気に良くない。又看護師さんにも一日半分ですよと言われている。何とかごまかさなくては。ところが、

「茂、もうすぐ夕飯だよ。余り食べるとご飯が食べられなくなるから、又明日に取っとこね」と言っても納得せず「もう少しで良いから」と手を引っこめない。私は茂の耳元で「看護師さんに内緒だよ」と言って、薄く切ったリンゴを一枚渡した。茂はうれしそうに、テレビを見ながら少しずつ食べていた。そんな姿を見ると、リンゴの一つも食べられず一日に半分なんて、余りにもかわいそうすぎると、心の痛む思いだ。

じゃ、姉チャン仕事に行くよと言って病室の入口で振り返ったが、相変わらず茂は私の方を見る事なくテレビを見ていた。

倒れた私と弟の危篤　～尿毒症の恐れ～

それからは三日に一度、着替えを持って病院と職場と自宅をくるくる廻る生活が続いた。病院へ行く日は睡眠時間が三時間ほどしかない。余り身体の丈夫でない私にとって、気は張っているから感じなかったが、かなり身体が疲労していたのか、又もや職場で倒れた。マスターが息子に連絡を入れ迎えに来てもらい、家で床に就いたらそれきり五日間も動く事も、起き上がる事も出来ず、息子には、

「それ言ったとおりだろう、お母さんの方がだめになったじゃないか。おじさんは、自分の息子と娘に見させれば良いんだよ。どうしてお母さんが見てやるんだよ、自分の身体まで悪くして」と怒られた。返す言葉もなく、ただ「ごめんね」と言うしかなかった。

六日目にやっと起き上がり、食事も息子が作ってくれて少し食べる事が出来たので、病院へ行った。

病室に入ると茂の姿がない。ナースセンターで聞くと師長さんが出て来られて、「お姉さん、今から私の言う事を落ち着いて聞いて下さい。後で院長先生から詳しい話があります。その時お姉さんが心を乱さない為に、私から少しお話をして病室へ御案内致します」と真剣な顔で話された。私が五日間来なかった間に何が起きたのか、師長さんの話ぶりでは余り良い話ではなさそうだ。

「佐藤さんは昨日から尿が止まり身体全体にむくみが出て、昨夜からいつでも看られるようにナース室のすぐ前の個室に移りました。今、先生から詳しいお話があると思いますので、部屋でお待ち下さい」と案内された。個室は長広く奥のベッドは入口からは見えない。カーテンが真ん中にしてあり、入口の左にはトイレと洗面所、その上に鏡が付いている。

奥のベッドに茂は寝かされていた。カーテンを開け、茂のベッドの横に行き、顔や身体を見てびっくりした。余りに変わりはてた姿を見て「あっ」といきなり大声を出してしまった。頭から顔はもちろん、手、身体、足と全体が丸々とふくれ上がり、口には酸素吸入をし、腕には点滴をしていた。何と変わりはてた姿だろう。声をかけてみた。返事はない。目をつむったままだ。眠っているのだろうか、それとも意識がないのか。

私は言葉が出ず、涙だけがとめどなく後から後から流れた。又しても茂を苦しめて、この世に神はいないのか、何の罪があるのか、お父さんお母さん、どうして私が来られない間、見守ってくれなかったのと泣くばかりだった。私にはどうする事も出来ない。

「茂チャンごめんね、姉チャンが悪かった。五日間も来なかったからね。ごめん、くじけちゃだめよ、がんばって家に帰ろう。弱気を出しちゃだめ。子供の頃からがんばり屋で泣き顔一つ見せた事ないでしょう。お父さんがガンで入院した時も一人で皆を助け、お母さんを大切にしてくれて、お父さんが亡くなった時も、泣く事をじっと我慢して一人で仕切ってくれた。姉チャンは美紀が生まれたばかりで、産後の肥立ちが悪く何もして上げられず、そしてその八か月後お母さんがくも膜下で倒れ一週間でこの世を去った。その時も茂が看病からお葬式までがんばってやってくれた。その時茂チャンはまだ二十歳になったばかりで、さぞつらかったろうにと思った。だから、今度は二人分姉チャンが恩返しをさせてもらうよ。だから、がんばって元気になって一緒に家へ帰ろう」と耳元で話しても何の反応もない。聞こえているのか、何も聞こえてないのか、そんな時、師長さんが「院長先生がお見えになりましたので、ナース室でお話がありますから」と呼びに来られた。

院長先生は「お姉さんの見たとおり、弟さんは尿が止まり、毒素が身体全体に廻り尿毒症を起こし、大変危険な状態です。尿が少しでも出て毒素が消えない限り、命は三日と持たないでしょう。今日も一滴も出ていません。昨日の昼頃より止まってしまいましたので、心の準備はしていて下さい。私達も最善は尽くしてみます」と言われ、ナース室を出て行かれた。その後ろ姿に頭を下げながら、ポタポタと涙が床に落ち、しばらくは動けなかった。

そこへ師長さんが見え、私の両肩に黙って手をあて、私を支えながら茂の部屋まで送って下さって「お姉さん今日からこの部屋に泊まられても良いですよ、お布団とベッドはお貸ししますから」と言われた。私はただ涙しながらはいと返事をするのが精一杯だった。「あとでナース室へ借りに来て下さい」と言って病室を出て行かれた。

私は床に泣き崩れた。なぜ、なぜなの、姉チャンが五日も来なかったから、ごめんごめんね、とげんこつで床をたたきながら声を出して泣いた。少し気持ちが落ち着いてベッドの横に下げてあるウロガードを見ると一滴も尿が入っていない。

「茂、姉チャンも手伝ってあげるから、がんばって、おしっこを少しずつ出して」と耳元で話し、布団を少し上げ、パジャマのボタンをはずしズボンを半分おろして、お腹から膀胱に向けてさすり始めた。

「お父さん、お母さん、私の両手におしっこが出るように、一緒に茂のお腹をさすって。少しでもおしっこが出るように。出ないと三日しか命がもたないのよ。茂はまだ若い。お父さんとお母さんの所へ連れて行くのは早すぎるよ。長い間がんばって働き疲れて病に倒れ、苦しんでるの。助けてあげて。元気になったら、私がきっと面倒を見て楽しい思いをさせて上げるから、茂を迎えに来ないで。助けて、お願い」

心で叫びながら下腹をさすり、ウロガードを時々見ては下腹をさすった。

どれほど時間が過ぎたろうか、院内放送で「七時になりました。お見舞いの方はお帰り下さい」と何回かあった。毎晩七時になると放送されるのだが、私は七時に職場に入らなくてはならないので、いつもは六時半前後に病院を出る事にしていた。今日は泊まっても良いと言われたが、泊まる事は出来ない。子供達や九州の親戚、弟妹達にも連絡をしなくてはいけない。それに、私は絶対に茂を死なせない、必ず尿を出して連れて帰る、必ず退院させてみせると心に誓ったから、今日は職場にTELして九時過ぎに入りますと連絡し、それまで、茂の下腹をさすり続けた。

そしてウロガードを見ると、私の目の錯覚か二、三〇ccほど入っているような気がした。「茂がんばれ、少しおしっこが出たよ、もう少しがんばろう」と言いながらさすり続けた。そこへ看護師さんが見えて「お姉さん九時になりますと病室がみんな消灯となりますので、佐藤さんの頭のそばにあるスタンドをつけて下さい。そして今日はお姉さんどうなさいますか」と聞かれた。

「はい。私は今日は家に帰り皆に事情を話さなければなりませんので、明日の朝早く又来ます」

「はい、分かりました」と看護師さんは茂の顔をのぞき脈拍を計り、ウロガードを見て「あら」と声を出した。

私もかがんでウロガードを見てみると五〇cc出ているではないか。さっきは二、三〇ccだったのに又少し出たのだ。

私は又そこではっきりと確信した。絶対に助かる、死なせてなるものか、今日はこれで帰るけど、明日から一日中身体全体をさすって尿を出させてみせる。かならず出る。

「茂がんばったね、おしっこが五〇cc出たよ。もう少し、二五〇cc以上出れば身体も楽になる。二人でがんばろう」と言って九時まで下腹をさすり続けた。

九時になったので、ナース室に寄り「今日は帰ります。明日早く来ますので、よろしくお願いします」と伝えると、

「もう玄関は閉まって居りますので、救急出入口から出て下さい。又明日八時前も開

いていません。裏口に病院関係者の入口がありますので、ガードマンさんに伝えておきますから、そちらから入って下さい」と親切に言って下さった。

私は車を運転しながら思った。もし、もしもの事があったら、別れた嫁のK子を許さない。こんな悪女を苦しめないで、どうして茂ばかりを苦しめる。神も何も世の中にはいないのかと恨めしくなった。

「お父さん、お母さん、茂はまだ五十二歳だよ。お父さんとお母さんが早くこの世を去った分、茂を長生きさせて。お願い、茂を助けて」と泣きながら運転していた私は、一時停止の所で、右から来た車が涙で分からず、接触事故を起こしてしまった。

「すみません、すみません」と私は泣きながら謝るばかりで後の言葉が出なかった。するとと相手の男性の方が、「どうしたのですか」と私が余りに泣いてるので聞かれた。

「弟が弟が」としか言葉にならずにいると、

「すみませんが免許証と電話番号だけ教えて下さい」と言って警察も呼ばず、私が持って来た免許証を自分の手帳にメモし、TEL番号を聞いて、「気を付けて帰って下さい、後で連絡しますから」と言って走り去って行った。

私は去りゆく車の後を見つめたまま、「すみません、すみません」と何度も泣きながら頭を下げながら見送った。

それから車に乗っても、今起こした事故の事など全然頭にはなく、茂の事だけしか浮かんでこない。

「もし神がこの世に居るならば茂を助けて下さい。私の命と引き換えに助けて下さい。私の子供達は成人しました。弟はまだ子供が学校です。若いし、まだやりたい事が多くあるでしょう。私はもう何もやる事はありません。どうぞ私の命と引き換えに茂を助けて下さい」と一人祈り事を口走りながら運転し、家には帰らず職場の駐車場で涙をふいた。

車から降りて階段を上り、店のドアを開けて入ると、そこにはマスターがトイレから出て来たのか、すぐ前に立っていた。病院からずっと泣き続けて来たので、マスターに「おはようございます」との挨拶も出来ず、ただ顔を見上げて「弟が弟が」と言うのが精一杯だった。するとマスターに「お前は何しに来たんだ、そんな顔して泣きながら仕事が出来るか。お客様に迷惑だ、さっさと帰れ」と怒鳴られた。返す言葉もなく、一番弟の事を分かってくれていると信じ、なぐさめの言葉一つ言ってくれると信じていた私の思いが甘かった。

ドアを開け外に出て、余りの言葉に二重のショックで、歩く事さえ出来ず階段に座り込み、手すりにすがって大声を出して胸が張り裂けんばかりに泣いた。どんな人でも職場の従業員が悲しみ苦しんでいれば、たとえ口先だけでも「どうしたの」とか「何かあったのですか」と言葉をかけるものと私は思う。この人は他人に対して思いやりや、優しさを持っていないのかと人間性を疑った。もう誰にもすがるまい。一人で茂を守ろう。私が生きている限り、絶対に死なせはしない。

家に帰り、すぐに息子を私の部屋に呼び、

「茂おじさんが三日の命と先生に言われた。でもお母さんは絶対に死なせない。仏様にお祈りして、御本尊様やおじいさん、おばあさんにお祈りして力を貸して貰うから、執も一緒にお祈りして、明日親戚や兄妹に詳しく話をしてくれる?」と話し、涙をこらえ一心に仏壇に手を合わせ祈り続けた。

どれほど時間が過ぎたか、息子は二階の自分の部屋に行ったのか私の後ろにはいなかった。祈りながらいつの間にか私は仏壇の前で眠ってしまったらしく、その短い間に夢を見た。

するとこの何十年間、夢の中で父の姿は見たことがなく、いつも何かあると母が夢枕に立って私達を守ってくれていたのが、母ではなく父が、私の部屋のドアを全開にし、両手を腰に当て仁王立ちでニコニコ笑っているではないか。私は「お父さんそんな所に立っていないで横に座って」としきりに言ったが、父はただニコニコと笑いながらいつの間にかいなくなった。

私は「お父さんお父さん、どこへ行くの。お父さん待って」という自分の大声で目が覚めた。廻りを見ても誰もいない。息子が枕と毛布をかけてくれたのか、仏壇の前で横になっていた。外はもう明るくなっていた。私はあわてて着替え、三キロほど離れたおばさんに電話して、何時に迎えに行けば良いか聞いた。急がなくては。きっと父が、苦しんでいる弟の姿を見て早く楽にしてやろうと迎えに来たに違いない。私は気が焦るばかりで何も手につかない。

着替えとおむつを持っておばさんを迎えに行き、三十年近くの間一度も夢に出てきた事のない父が出てきた話をすると、車の中で「大丈夫よ、きっと助かるよ」と気休めなのか励ましてくれた。けれども病室に入り、お相撲さんのように身体全体が丸々とむくみ、目を閉じ生きているか死んでいるか傍まで行ってみないと分からないほどの姿を見て、おばさんは口をつぐみ涙を流しながら「茂……茂……しっかりしいや」とそれだけしか言葉が出なかった。

二人して茂の身体をさすりながら、ウロガードを見ると、ポタポタと尿が落ちているような気がした。私は三時間ほど続けたが、おばさんは年のせいか、少しやっては休み休んでは少しさすって椅子に座った。そして「久美子見てみい、おしっこ出てるばさんと私が来てすぐに見た時は五〇ccほどしか出ていなかったのに、よく見ると一五〇ccになっていて、三時間で一〇〇cc出た事になる。私もおばさんも顔を見合わせて喜んだ。良かった、少しでも出て、むくみが引いてくれれば大丈夫だ。きっと私が連れて帰る、絶対死なせはしないと、又お腹や膀胱のあたりをさすり始めている所に看護師さんが見えて、「お姉さん、ちょっとナース室に来て頂けますか」と呼ばれた。「はい」と手を止め、おばさんに、行って来るから茂をお願いしますと病室を出た。

ナース室へ行くと、師長さんが一枚の紙とペンを用意して待っていた。「お姉さん、佐藤さんがもしもの時に人工呼吸器をつけてあげたいのですが、同意書を書いて頂けますか」と目の前に出された。私はドキッとした。明日で三日目、やはり明日がとても危ないのかと思って、「何の機器ですか」と聞くと、「佐藤さんが苦しまずに息を引き取れるよう、楽になれる機械です」と説明された。そうか、死ぬ時まで苦しい思いをさせてはかわいそうだ。「はい分かりました」と言ってペンを手にしたが、手がふるえて中々書けない。でも心の中では、絶対こんな機械など使用させるものか、必ず私が守って連れて帰ると、叫んでいた。

「書くだけは書くけど使用はさせない」と心で強く自分に言い聞かせて、やっと時間をかけて書き終えた。書き終えて「師長さん、少し尿が出ましたけど」と言うと、「あっそう、見てみましょう」と今書いた書類を持ったまま病室に入り、ウロガードを見て、「あら少し出ましたネ、もっと出るといいのに」

「もっととおっしゃいますと、あとどれくらいですか」

「そうネ、五〇〇ccから八〇〇ccは必要ですね」と言われて病室を出て行かれた。

「五〇〇cc～八〇〇ccか」とおばさんがポツリと言った。私達が来る前は出たのか、いつから五〇cc出ていたのか、三時間で一〇〇cc、五〇〇ccにはほど遠い。無理なのだろうか。

おばさんも大分疲れた様子なので一度送って行って、又一人で来てがんばってみようと思った。おばさんは、

「茂、又来るからネ、がんばるのよ」と泣き声で頭をなでて病室を後にした。

おばさんを送ってそのまま病院へと引き返した。病室へ入るなりすぐにウロガードを見たけれど、おばさんを送って帰ってくる四、五十分の間に一滴も出ていなかった。私は朝から何も食べていなかったので、看護師さんが点滴を取りかえている間お願いして、病院の売店でおにぎり一コとお茶を買い待合室で食べ、又すぐに病室へ戻り身体をさすり始めた。

いつものように院内放送があった。七時から九時まで茂の身体をさすり少しでも尿を出させたが、これからどうしよう。店へ行って又いやな思いをするのもいやだし、家へ帰っても眠れないしと迷ったが、やはり今日は仕事をしようと決めた。仕事をしていると少しは気がまぎれるから。九時の消灯までいて「茂又来るから、がんばるのよ」と言って病室を後にし、職場へ向かった。

今日は泣かない。泣くもんか。おしっこが出た。お父さんが夢の中で笑顔で出てきた。きっと助かるから、父が私を安心させる為に笑顔で出てきたのだ。

職場で仕事しながらも時計が気になり、一時間おきに時計を見て、ＴＥＬの音がならないようにと祈りつつ仕事をした。午前一時どうしても気になるので私から当直の看護師さんにＴＥＬした。すると看護師さんは「お姉さんですか、あれから二〇〇cc出まして今日一日で三五〇cc出た事になります。その他は変化ありません」と言う。ああ又少しだけれど尿が出てくれた。きっと父や母が私のいない病室で守ってくれいてるから二〇〇ccも出たのだろう。きっと助かる、助けて見せる。私は確信した。

朝仕事が終わってまだ病院には入れないので、家に帰り着替えをし、弟の着替えやバスタオル、おむつなど用意し、七時の時間を見て病院へ向かった。病室へ入って茂の頭をさわるといつもポコンと穴があくほどひっこんだのに、今日は余りへっこまず、手や足までむくみが大分取れていた。ああ良かった。良い方向に進んでる。今日も一日がんばろう。

　今日で三日目、今日が山だと言う。最後の力、私にある力全部出し切って尿を出し、茂の意識を取り戻そう。お父さん、お母さん私のいない時茂を守り、尿を出させてくれてありがとう。今日も一日私に力を貸してほしい。絶対に家へつれて帰るからね。

　頭から両手身体とさすっていき、お腹に手がいった時、あれ！　と布団を大きくめくって見ると、あんなにも臨月（りん）というほど大きかったお腹が、ほぼ半分近く小さくなっているではないか。

「茂チャンがんばったネ、姉チャンだよ、わかる？　もう少しがんばろう。今日一日がんばっておしっこを出そう。元気になって家へ帰ろうね」と言っても返事はなく、聞こえているのかも分からない。でも話さずにはいられない。もう少しだ、もう少しがんばれば茂は助かる。私は夢中になって何時間も食事をする事も忘れ、さすり続けた。

　そこへ看護師さんが見えた。

「どんな様子でしょうか？」と聞いた。

「私達もよく分かりません。院長先生が何ともおっしゃらないので」と不思議そうな顔をして、体温を測り脈拍を測り、メモをして出て行かれた。今日で三日目だ。一日ここにいて茂の身体をさすり尿を少しでも出させよう。私の両腕ももうカチカチ、動きが鈍って余り動かない右手で左手を支え、左手を右手で支えながらがんばった。相変わらず尿はポタポタポタとしか出ていず、五〇、七〇、一二〇ccと長い時間でも出てくれない。

夜七時にいつもの院内放送があったが、今日も九時までいて職場に行こうと思っていた所に院長先生が特別に見え「少々尿は出ているようですが、意識がまだ戻りませんので、気は抜けません」と言われ、茂の顔を見、尿の量を確認して病室を出て行かれた。

「ありがとうございます」と私はお礼を言って頭を下げ見送った。

九時の消灯に合わせナースセンターの窓口に声をかけ、よろしくお願いしますと言って職場に向かった。

奇跡　～尿毒症を乗り越え～

翌朝仕事が早く終わってから少し疲れが出たので、病院があくまで、風呂に入り食事をして少しばかりと横になった。病院には八時までに行こうと思った。目が覚め、起き上がり、時間を見ると午後十二時を回っていた。私はあわてて病院へＴＥＬした。看護師さんは「別に異常はありませんので、お姉さんも疲れたでしょうから、今日はゆっくり休んで下さい。何かあればすぐにＴＥＬ致しますから」と言って下さったので、お言葉に甘えて仕事に行くまで又横になったら、とうとう起き上がる事が出来ず、店は休ませてもらう事にした。寝付きが悪く眠りの浅いこの私が、これほどぐっすりと一日中眠った事が茂を見るようになってあっただろうか。

結局は二日間眠り続けた。そしてその朝方、又夢枕に父が現れた。父は余り大きい方ではなかったが、私の前に現れたのは大きな大きな父の姿だった。「あっ」と私は声を上げ、その自分の声で目が覚めたが、父の姿はなく、時計を見ると午前九時を過ぎていた。ああ眠りすぎた、早く仕度をして病院へ行かなくてはと思い、顔も洗わず髪も三本指でなでながら、茂の着替えとおむつを持って車に乗り病院へと向かった。

二日間は、仕事を休んだので、ＴＥＬを下さってもいないと言われ、家まで連絡がなかったのかもしれない。茂に何かあったのか、父が迎えに来たのかと、私は悪い方へ悪い方へと考え、病院へ着き荷物を持ってエレベーターに乗っても歩いていても、父のあの顔が頭から離れず、茂の病室の前に立った。私は荷物を両手に持ったまま動けなかった。病室の入口は開いていて、名前も取り除かれていた。全身から血の気が引き、言葉も出ず、荷物を持ったまま動けなかった。ああ、やっぱり父が迎えに来たのだと思うとどっと涙が出た。もうなす術もない。終わったのだ。

「私が二日間来なかったから、茂は死んだのだ」と。

その時後ろから声がして、

「お姉さん」と看護師さんからポンと肩を叩かれた。

「はい」と振り返りもせずそのままの姿で返事をすると、「こちらへどうぞ」と言われた。私はまだ足が動かない、やっぱり茂は死んだのだ。これから茂を安置している部屋へ案内して下さるのだと思うと、又涙がとめどなく流れ出て動けなかった。

「お姉さんどうしたのですか」と今度は私の前に来られ、笑顔で言った。茂が死んだのになぜ笑っていられるのか、やはりこの仕事をしていると何人もの亡くなる人を見ているので日常茶飯事となって慣れてるのかと、じっと私は看護師さんの顔を見つめていた。すると「お姉さん重いでしょう、一つ荷物を持ちますよ」と言って、両手に持ったまま立っている手から荷物を取り「さあ行きましょう」と言ってさっさと歩き出した。

「はい」と気を取り直し小走りで後を追って行くと、看護師さんは途中の大部屋に入って行った。私が廊下で待っていると、「お姉さん、ここですよ」と呼ばれた。振り向き部屋の中を見渡すと、左側の真ん中のベッドに、茂がベッドの頭の部分を少し高めにして、そこにいるではないか。相変わらず鼻の穴からはチューブを差し込み口には酸素吸入をしている、紛れもない茂だ。茂は私の方を見て少し笑顔を見せてくれているように見えた。

うそ、まだ私は夢を見ているのか、きっと夢だ。私が前に進む事も出来ず入口に立ったままじっと茂を見つめていると、看護師さんが荷物を茂のベッドの横に置いて、「お姉さん荷物はここに置きますよ、今日からこの部屋ですから」と言われ、私の方へ向かってこられた。

「どう言う事ですか」と私は聞いた。何が何だか頭の中で整理がつかない。

「そうですね、私も長い間病院の仕事をしていますが、佐藤さんの場合よく分かりません。奇跡ですかね、私も信じられません」と頭を横に傾けながら、「でも良かったですね、助かって。私達も安心致しました」と私の肩をポンポン叩いて部屋を出て行かれた。

去り行く看護師さんの後ろ姿を見つめ何も言えず、ただ呆然と立っていると、「姉チャン、パジャマがないんだって。みんな汚れてるって」といきなり茂が言った。

私はその声で我に返り、「あっそう、今日パジャマもおむつも色々と持って来たよ」と言うと、不思議そうに私の顔をのぞきこむようにして「姉チャン、どうしたの?」と聞いた。私はあわててティッシュで目頭をふき、鼻をかんで「ああ鼻水が出てきちゃって風邪引いたかな」とうそをついた。

そして何もなかったように、「よかったね、元気になれて。茂がんばったんだよね。良かった、良かった。姉チャンはね、家で父さんやお母さんに一生懸命にお願いをして、茂をきっと元気にして一日も早く帰れますようにと、朝夕仏壇の前でお願いしたのよ。きっと姉チャンの願いが届いたのね」と言うと、茂は天井を見上げてにっこりとうなずいた。

一つの奇跡が起きた。きっと茂は元気に退院出来る。もう病院へは入れず、自宅で面倒を見る。茂もそれを望んでいると思う。

茂は相変らず天井を見つめながら「姉チャン、いつ帰れる？」と言った。私は聞こえないふりをして勝手にしゃべり出した。又何か言えばうそになるから。

「茂、姉チャンネ、夢の中でお父さんと話をしたのよ、お父さんがネ、家に来てニコニコしながら、いつまでも寝てないで茂の病院へ行きなさいって。きっと茂の悪い病気を持って行き助けてくれたのネ。いつもお母さんは何回も出て来てくれたのに、今回二度も続けて出て来て早く茂が元気になった姿を姉チャンに見せて安心させてあげようと、早く行きなさいと言ったのネ。お父さんに有難うとお礼を言わなくちゃね」と話をすると、茂は私の方を見てニコニコしながら「姉チャン、本当に父チャンが来たの。本当？」と聞き返した。

「本当だよ。だから朝早く飛んで来たら、茂チャンが元気になって部屋が変わっていて、話も出来るし、とても嬉しかったよ」茂は「ウンウン」と頭を上下にうなずいて目をつむったまま私の話を聞いていた。

久々に身体をふいてやったり、馬油をぬったりしているうちに昼食が来た。茂は鼻の穴から点滴みたいな袋を高くつるし、その中に流し込んでいた。

「茂、おいしい？」と聞くと、「味は何も分からないよ、ただお腹がすかないだけ」

と言う。

茂の鼻の入口をのぞいてびっくりした。食事のたびに何回も出し入れしたのか皮膚がかぶれ血がにじみ出て、血の塊で鼻の穴はつまっていた。かわいそうに、どこもかしこも痛めつけられて、それでも茂は苦しいとか痛いと弱音を吐かない。なんと我慢強い子だろう、と思うと心が痛む。又、いつも決まって「姉チャン、早く家へ帰ろう、いつ帰れる？」と、私が病院へ行くたびに聞かれるのもつらい。

七時のチャイムが鳴り院内放送が流れた。「姉チャン帰るね、仕事だから又明日なるたけ早く来るよ」と言って病室を出た。

車に乗り運転しながら、

「お父さん、お母さんありがとう。茂を助けてくれて」と心からお礼を言った。

翌日夕食の時、看護師さんが見えて、

「佐藤さん重湯食べられる？　もし食べられるようだったら、鼻からチューブを取ってあげるよ」と言って下さると、茂は嬉しそうに、

「うん、食べる。食べられる。取って取って」と急がせた。その様子がおかしくて皆で笑ってしまった。

「じゃ取るわよ。引き抜く時少し痛いと思うけど、我慢してネ」と言ってすぐに取っ

て下さって、血が少しヒタヒタと出て、茂も顔をゆがめたが痛いとは言わなかった。鼻の中の血をふき取り綿棒で薬をぬり「はい、終わりよ。すっきりしたでしょう」と言って汚物を片付け出て行かれた。

「茂良かったね」と言い終らないうちに「うん姉チャン、ごはん早く」と目でテーブルの上に置いてある夕食を追っている。重湯と玉子をくずした梅干だけの食事なのに、茂は嬉しそうに「おいしい、おいしいよ」と大きく口をあけ、早く入れてとばかりにせかせた。一日も早く退院させて、好きな物を食べさせて上げたいと心の中で思った。あと何日ももたないと言われた言葉がうそのように、茂はがんばった。父が笑顔で現れたのは奇跡が起きたということなのだ。でも悪く解釈して、私は苦しむ弟を父が迎えに来たのではないかと早とちりをした。

　食事は全部食べ「おいしかったあー」と言った。その時三人の看護師さんと師長さんがベッドの足元に一列に並ぶようなかっこうで見ていて、

「佐藤さん、食事全部食べられてよかったね。もう少しがんばれば退院できると思うよ。おめでとう」と言って皆でパチパチと手を叩いて喜んで下さった。何と思いやりのあるやさしい看護師さん達だろう。きっと院長先生のご指導が行き届いているのだろう。私は何度も何度も頭を下げた。胸がいっぱいで言葉にならず目には涙をため、

ただ頭を下げるだけだった。

七時のチャイムと同時に病院を出てその足で職場に行った。安心と疲れが出たのか、夜中十二時を少し回った頃、職場で私は倒れた。気が付くとマスターが冷たい水と薬を持って来てくれた。そして横になってる間に息子にＴＥＬを入れて、息子を呼び、マスターと息子が抱えて車に乗せてくれた。家へ着くと息子は背中に私を背負い、布団を敷いて私を寝かせてくれた。あと三日の命と言われて十日が過ぎた。このまま良い方向に進んでくれるだろうか、死ぬ前に一時元気な姿を見せるとよく世間では言う、でもそんな事はない。必ず私は連れて帰り元気にして見せると心に決めた。

看護師さんが見えて、師長さんから話がありますので、ナース室に帰り際でよろしいから寄って下さいとの事だったので、ナース室に寄った。師長さんが出てこられ、別室に案内され一枚の紙を出された。それは茂があと一日が山ですと言われた時に書かされた同意書だった。

「これはお返しします。でもお姉さん、今回の事、私も初めてです。この病院に勤めて三十年近くなりますが、院長先生があと三日の命と言われた方々は、一週間や十日は生き延びられた方もいらっしゃいましたが、一か月とは持たず皆さん亡くなられました。佐藤さんの場合、私も不思議とか、奇跡としか思えません。本当に良い経験をさせて頂いたというか、元気になられて私達も嬉しく思い、やりがいのある仕事として喜びを感じさせて下さいました。有り難うございました」と、私の方がお礼を言わなければいけないのに、本当に素晴らしい師長さんだと尊敬したい気持ちになった。「でも佐藤さんもよく頑張りましたし、お姉さんも毎日よく面倒を見られ、頭が下がります」と言って下さり、私は雲にも乗った気持ちで茂の病室へと引き返した。「じゃ、又明日来るからね」と帰り支度をしていると「姉チャン、明日来る時リンゴ持ってきて」と言う。茂は果物の中で一番リンゴが好きだ。「あいよ、一番大きく一番おいしいのを買って来るネ」と洗濯物を持ち部屋の人達にお願いして病院を後にし、職場へと向った。

翌日又職場に入る前に病院へと向かった。

病院に向かう途中ヨーカ堂に寄り、甘くておいしそうなリンゴを六個買って病室の入口まで行くと、今か今かと待っていたのだろう、私の姿を見るなり、片手を出してリンゴをくれと言う仕草をしていた。昨日の約束を忘れていなかった。

私は院内の台所に行き、食べやすく持ちやすいように幅広く薄く切って帰ってきた。私が渡す前に、もう自分からお皿に手を伸ばして取って食べ始めた。さぞ楽しみにし、そして食べたかったのだろう。おいしそうに食べる姿を見て、涙が出るほど嬉しかった。あんなに死の境を苦しみ、たたかって元気になり、目の前で元気にリンゴを食べている弟がとてもかわいかった。これでもう安心かもしれない。家へ連れて帰れる。私の願いは両親や仏様に通じた。皆が茂を守ってくれた。「ありがとう、ありがとう、感謝します。後は家へ帰れば私ががんばって見守ります」そう心の中でお礼を述べ誓った。

若いせいか日に日に回復に向かい、それから十日ほどで退院できた。

度重なる介護疲れ

退院しても以前のように一人歩きは出来ず、ほとんど車椅子で、それも長くは乗っていられない。身体は骨と皮ばかりで頭が重いせいか、自分で何をする力もない。ただ、食べてる時だけ元気に見え、又、一日中、よく見えない目でテレビを見、そして時には目をつむり、音楽だけを聞きながら頭を上下に動かしてリズムを取っているのか、楽しんでいるように私には見えた。

それからは私との会話は、日々少なくなってきた。「姉チャン、腹減った」とか「テレビつけて」だけでコロともほとんど同じ会話。私が話しかけても、目をパチパチさせ目で返事するか、頭を上下に動かしてうなずくだけで、もう自分の子供の事や私の娘と息子の事も分からなくなっていた。家にいても、通院しても、「姉チャン」としか言わないし、私の姿が見えないと何度も何度も「姉チャン、姉チャン」と大声で叫ぶ。家ではベッドのすぐ横で私は用事を足し、病院では点滴が終わるまでそばに付いている。夜は茂が眠りに就くまで、一緒にテレビを見て過ごす日々が多くなった。

　退院してから週に二回は、点滴とウロガードの取り替え消毒に通うようになった。そんな日は仕事が終わって休む間もなくおむつを替え、茂に朝食を食べさせ薬と目薬を済ませる。それから一七五センチの身体を車椅子に乗せて、少しはなれた駐車場につれてゆき、車椅子から車へと乗せかえる。車椅子もトランクに積み病院へ。又車から車椅子へ、そして病院内のベッドへ移し寝かせて、点滴が終わるまでそばにいて、時々居眠りをする。一日に往復八回も弟を抱きかかえ移しかえ、小さな私にはそれが一番大変な仕事だった。

　茂をベッドに移し薬を飲ませ目薬をさしてやり、昼食を食べさせ、夕食の買い物までのほんの一、二時間ホッと横になれるだけだ。時には疲れすぎて、自分は朝も昼も食べない日がよくある。食べるより横になる方が私に取って楽な事だった。

　家へ帰る途中、昼食に「姉チャン、今日はカツ丼が食べたい」と言われて、時々よらせて頂くハマヤ食堂がある。そこのおばあさんがとても良い方で、弟の為にご飯の量や甘さをおさえて、息子さんと共に気遣って作って下さる。茂はとてもおいしいと言い、店の前まで行く車の窓から店の方をのぞいて「姉チャン、早く車椅子。早く、早く」とせかせる。店に入ると、すぐにおばあさんがテーブルの椅子をのかし車椅子が入るようにして下さり、「よく来たね、元気だった？　よかったネ」と笑顔で迎えてくれる。そしてすぐお茶を持ってきて下さり「茂さんはいつものかい、お姉さんは？」と聞いて、茂の好きな物を覚えてくれている。いけない時など、前ぶれもなしにカツ丼を自宅までお見舞いだよと、お金も取らず持って来て下さった時もある。ハマヤ食堂はおいしいし親切だから近所でも評判が良く、いつも混んでいる。帰りにはドアを開けて、茂に「又おいでよ、待ってるからネ」と声をかけて下さり、茂も嬉しそうに「うん又来る」と返事をする。

自宅へ着き茂をベッドに寝かせて少し休み、洗濯物を整理し、汚れ物を洗い、夕食の支度をするが、自分も夜の仕度があるし、もう私も五十八歳で若くはない。一日爆睡しても前日の疲れは二、三日取れない。だからと言って介護も仕事も休む事が出来ない。六〇kgあった身体も一〇kg近くへり、自分の余裕も、子供達とゆっくり食事はもちろん話す時間もない。一日一日追いかけられるように過ぎてゆく。

相変わらず茂は「姉チャン腹へった。何かちょうだい。リンゴ食べたい」と、テレビを見飽きると食べる事しか言わない。けれど、私は食欲がある事は嬉しい。寝たきりだった時はさぞつらく苦しいだろうと心を痛めたので、「腹減った。何かちょうだい」と手を出す姿は私にとって喜びでもあった。

しかしそんな安定した日々も三か月と続かなかった。明け方に仕事が終わって玄関の戸を開けると異様な臭いがする。ベッドのそばに行くと、布団はめくり上げ敷布団は尿でびしょ濡れ、おむつをほとんどはずして便が布団からパジャマまで付着し、そして片手に便をにぎりしめ、私の顔を見るなり「姉チャン、ゴミがいっぱいあるよ」と自分の便を私に渡そうとする。一睡もせず仕事で疲れた身体で帰って来てこの有様。けれどもおこる気力もなく、又軽い脳梗塞を起こしたのか、病気が悪さをしてるのかとその方がとても不安でならなかった。すぐに風呂をわかし、息子を起こし手伝ってもらって風呂に入れ、朝食を食べさせながら「だめだよ、今日みたいにおむつをとっていたずらはしてはいけないよ」と言うと「うん、もうしない」と素直に返事をくれた。それからも何度も何度も繰り返され、息子はその度に私が家へ入るなり、「お母さん何とかして。臭くて食事も眠る事も出来ないよ」と私に当たる。私は茂に代わって「ごめんね、何とか良い方法を考えるから少しの間我慢してネ」と言い聞かせる。時には姉弟二人そろって「茂おじさんの子供がもう成人しているんだから、連れて行ってもらって看てもらえばいいのに、何でお母さんが看なくてはいけないの。そのうちお母さんの方が先にだめになってしまうよ」と私の事を心配し、茂の子供達の事をたびたび批判するようになった。

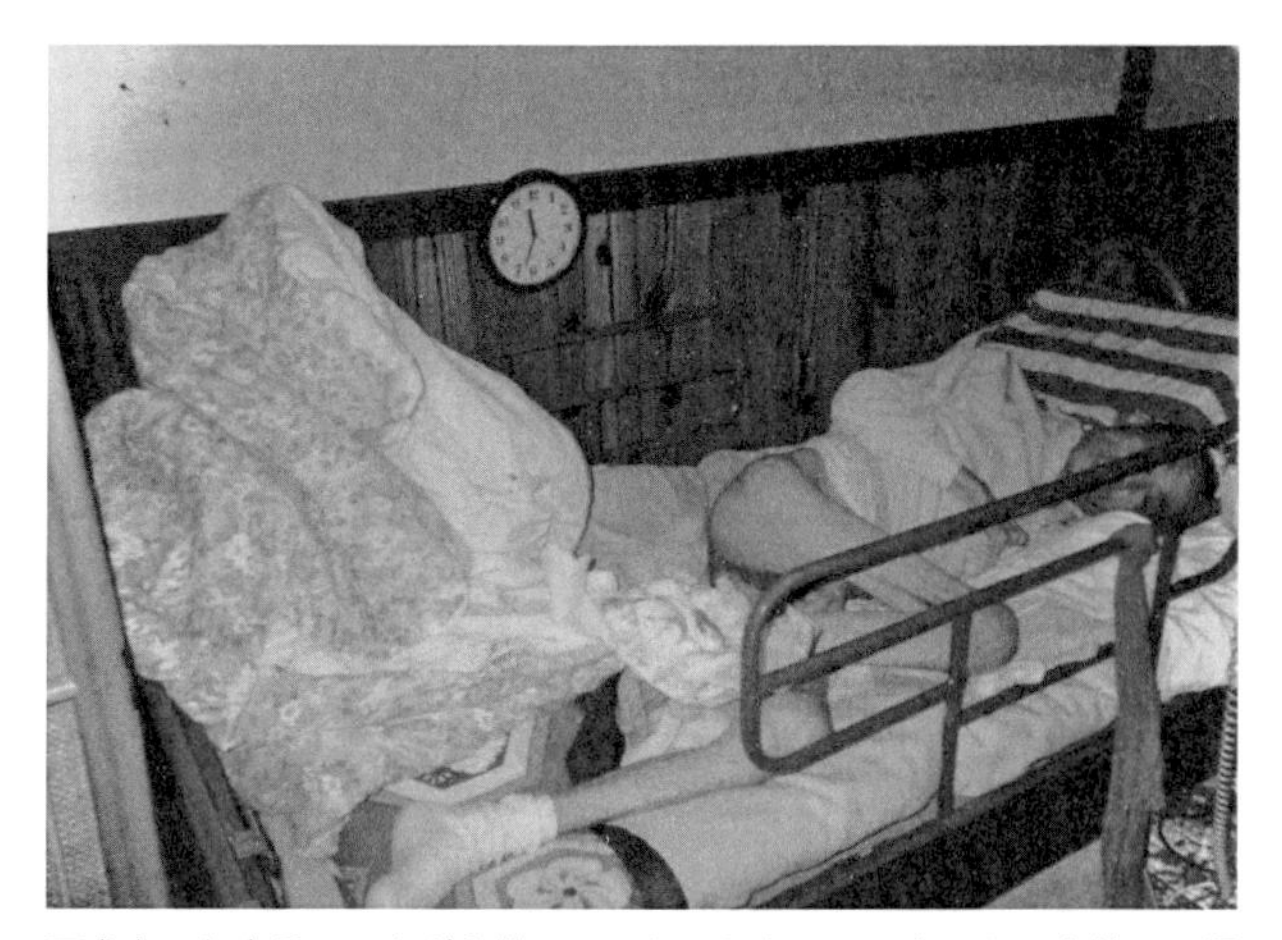

平成十一年十月。つなぎを着せていないときはいつもおむつを外して便をつかみ「姉チャン、ゴミがいっぱいあるよ」と私に渡す

無責任な介護関係者

平成十二年四月から介護保険が始まるという事で市役所に行って相談したが、茂はまだ五十二歳と言う事で該当しませんと断られた。糖尿病と合併症で、脳梗塞を四回起こし左目は失明、尿も出ずお腹に穴をあけ、管でウロガードにためる。一人で寝返りも歩く事も出来ず、身体障害者一級なのに、年が若いという事で何度役所に行っても窓口で断られ、四か月間何十回と通った事か。そしてやっと県と市の職員の方が面接に見え、茂に色々とテストをした。もう知能は五、六歳しかなく、見る物もほとんど両目とも見えず、やっと介護認定の通知が来たのが、八月の半ば頃だった。そしてケアマネージャーさんが来られ、色々と話をされた。「佐藤さんコンニチハ、年はいくつですか」と聞くと七十八歳と言う。私はいきなり吹き出してしまった。笑い事ではないのだが、これも病のせいだった。自分の年さえ分からなくなっていたのだ。

そう言えば福島病院を退院する時、院長先生に、「佐藤さんの現在の年齢は五十二歳ですが、四回の脳梗塞のせいで大事な脳幹部をやられているので、考え方は八十過ぎか、又は五、六歳の知能しかありませんので、お姉さんもそのつもりで接しないと、自分自身理解に苦しみ、つらい思いが続くでしょう」と言われた事があったのを思い出した。頭では分かっていても、中々受け入れる事が難しく、時間がかかった。

介護保険が決まった頃、私の生活、仕事、介護、茂の病院代、入院、手術代と、四年でほとんど娘の結婚用にとっていた貯金も使い果たし、私もたびたび倒れては仕事を休むようになった。

介護保険が五級に決まり、福祉の人がヘルパーさんを紹介して下さり、C介護センターのヘルパーの方々が御世話して下さる事になった。その中で久保さんという方がとても良く気が付き、私の気持ちを和らげ、茂の為に良くして下さった。

だが、こんな事もあった。中には自分勝手なヘルパーさんもいたのだ。私の顔色が余り良くないので看護師さんが気を遣って、「ヘルパーさんもいる事だし、茂さんの点滴が終わりましたらお知らせ致しますので、仮眠室で横になっては」と言って下さった。私は昨夜から仕事をして一睡もしていないのでお言葉に甘え、別の部屋で横にならせて頂いた。どれほど眠った事か、目が覚めて外来に行ってみると、茂もヘルパーさんの姿も見当たらない。看護師さんに聞いてみると「もう二、三十分前に終わってヘルパーさんが連れて行きましたよ」との返事だった。私は待合室から診察室、点滴部屋を見て廻ったが姿はなかった。そして玄関の近くに来てあっとおどろいた。茂が一人車椅子に乗せられ、今にも前かがみで車椅子から落ちそうな姿をしているではないか。どこの誰とも知らぬ方が、茂が車椅子から落ちないように支えていて下さった。私はすぐ茂に小走りで近寄り、茂を抱きかかえ車椅子の奥まで入れ、少し背もたれを倒して安定させ、茂を見ていて下さった方に「ありがとうございました」とお礼を述べた。あたりを見回したけれどヘルパーさんの姿はどこにも見当たらなかった。私が携帯ＴＥＬでヘルパーさんに電話すると、「一時から研修生の講習があるので帰らせて頂きました」と余りにも無責任な返事だった。帰るならなぜ私を起こして茂を私に渡して帰らないのか、一人身動きも出来ない車椅子の重病人を、一人玄関近くにほったらかしにして帰るなんて、これが介護者なのか、ヘルパーの資格を持った人間のやる事なのかと怒りを感じ、もう二度とC介護センターには頼めないと思った。

それからは、別の介護の整った施設や病院兼介護をしている所を何軒か見て廻り、昔私が何回かお世話になった病院が色々整っていて、お世話になった女医さんが施設の責任者であるとも聞き、その施設を選ぶ事にした。

翌日の午後、その施設のケアマネージャーのSさんから午後三時に茂に面会したいとのＴＥＬがあったので、私はどこにも出かけず待っていた。ところが三時半過ぎても見えないので、私からＴＥＬを入れると今出かけましたと返事があり、私の家に向かっているものと思い待っていたところ、五時頃コムスンという会社からＴＥＬがあり「前の会社から依頼がありまして、佐藤茂さんをケアして下さいと頼まれましたので、今から伺いたいのですが」と言う。私はどうなっているのかと面食らった。Ｓさんが三時に来るからと言って約束したのに、二時間近くも遅くなって全然想像もつかない会社からＴＥＬがあったのだ。

「チョット待って下さい。私はお宅にお願いした覚えはありません。三時にＬ介護施設のＳさんと逢う事になっていますが、お宅の事は知りませんし、お願いした覚えはありませんので、よく調べて下さい」と言うと、コムスンのＴＥＬの女性の方は、「Ｌ介護施設のケアマネージャーさんから頼まれたものですから」と言う。

「そうですか、それでは私からＳさんにＴＥＬして又連絡致します」と言ってＴＥＬを切り、Ｌ介護施設の施設の窓口に行き、「ケアマネージャーのＳさんはいらっしゃいますか？」と尋ねると、「今出かけて留守ですけど」と若い女性の方が窓口に来られて言った。私はそこで話を切り出した。もともと私は声が大きいうえ、余りにも矛盾した話に腹立たしいから、いつもよりもっと大声でどなるように話をしたと思う。

若い事務員さんが言うには、前にお願いしていたC介護センターのケアマネージャーに茂の様子を聞いたところ、佐藤さんの介護は大変だからやめた方が良いですよ、お姉さんもむずかしい人だからと言う事で、L介護施設のSケアマネージャーさんが私に相談なく勝手にコムスンへ頼んだと言う事だった。それを聞いた私は怒った。それは筋が違うと。

「市役所で一覧表を頂いたのでそれを見て、ここは病院も施設の横にあり、茂は糖尿病の合併症が五つも出ているので、何かあれば、すぐに診て頂けて良いと選んだのに、ケアマネージャーや施設の方が患者を選ぶのですか。ここの責任者のやり方ですか。私から直接責任者の方に聞いてみたいので会わせて頂けますか」と私は怒鳴った。

事務所の中には女性が四人と男性が一人居て、別の少し年輩で眼鏡をかけた女性が、「今責任者がいませんので、追って電話致しますので、電話番号を教えて下さい」と言われ、「今から私はこの病院の前のヨーカ堂で買物をしてますから、携帯の方へ電話下さい」と番号を教えて、ヨーカ堂に買物に行った。

買物をして友人と話をしているところに、施設の責任者からTELがあり、「お会いしてお話を伺いたいのですが」と言われた。私は「五、六分でそちらに伺います」と言ってTELを切り、すぐに施設の玄関前に着くと、もう玄関の前に女性の責任者

郵便はがき

差出有効期間
2025年3月
31日まで
（切手不要）

1 6 0-8 7 9 1

1 4 1

東京都新宿区新宿1－10－1
(株)文芸社
愛読者カード係 行

ふりがな お名前		明治 大正 昭和 平成 年生 歳
ふりがな ご住所	□□□-□□□□	性別 男・女
お電話 番 号	（書籍ご注文の際に必要です） ご職業	
E-mail		
ご購読雑誌（複数可）		ご購読新聞 新聞

最近読んでおもしろかった本や今後、とりあげてほしいテーマをお教えください。

ご自分の研究成果や経験、お考え等を出版してみたいというお気持ちはありますか。

ある　　ない　　内容・テーマ（　　　　　　　　　　　　　　　　　）

現在完成した作品をお持ちですか。

ある　　ない　　ジャンル・原稿量（　　　　　　　　　　　　　　　　　）

書　名			
お買上 書　店	都道 府県　　　市区 郡	書店名	書店
		ご購入日	年　月　日

本書をどこでお知りになりましたか?

1.書店店頭　2.知人にすすめられて　3.インターネット(サイト名　　　)

4.DMハガキ　5.広告、記事を見て(新聞、雑誌名　　　)

上の質問に関連して、ご購入の決め手となったのは?

1.タイトル　2.著者　3.内容　4.カバーデザイン　5.帯

その他ご自由にお書きください。

(　　　)

本書についてのご意見、ご感想をお聞かせください。

①内容について

②カバー、タイトル、帯について

弊社Webサイトからもご意見、ご感想をお寄せいただけます。

ご協力ありがとうございました。

※お寄せいただいたご意見、ご感想は新聞広告等で匿名にて使わせていただくことがあります。

※お客様の個人情報は、小社からの連絡のみに使用します。社外に提供することは一切ありません。

■書籍のご注文は、お近くの書店または、ブックサービス(0120-29-9625)、セブンネットショッピング(http://7net.omni7.jp/)にお申し込み下さい。

の方が迎えに出ておられて、スリッパまで用意して待っていて下さった。やはりこの方は私の思っていた通りの尊敬出来る人だと改めて感じた。責任者の方がこんなにも気遣って下さり、ＴＥＬの会話も丁寧なのに、なぜあの様に非常識なケアマネージャーを雇っているのかと不思議に思った。

玄関から上がってすぐに応接間へ案内され、お茶を出して頂き、責任者の方から「大変失礼な事を致しましたようで、本当に申し訳ありません」と大病院の副院長であり、施設の責任者である方が私風情に頭を下げられた。

「いいえ、私こそ興奮して大きな声で怒鳴ったりして申し訳ありませんでした。又、私が間違っておりましたら、ひざまずき手をついて謝ります。私は茂を安心してお願い出来ると思ったのです。随分昔に先生に診て頂いた事もあり、個人的にも昔から尊敬していたからです。けれどケアマネージャーさんの言った事は筋道が違うのではないでしょうか」と言い、それから色々と三時間近く長く話し合い、お互い和解する事が出来た。帰り際にも玄関まで送って下さり、私は車に乗り、バックミラーをのぞいて見ると、まだ頭を下げて見送る姿がうつっていた。改めて素晴らしい美しい女医先生だと見直した。ただ一つ、そのケアマネージャーに「ごめんなさい」と、逢って一言謝ってほしかったが、一度も逢わせてもらえなかったのが悔やまれる。どんな顔をした人物なのか見られなかったのが心残りだ。現在もケアマネージャーとして仕事をしているのだろうか。私は、C介護センターのケアマネージャーが佐藤さんは受けない方がよいと言ったことと、Sケアマネージャーと、茂をおきざりにしたヘルパーさんを、決して一生忘れる事も許す事もしないだろう。

翌日C介護センターの介護課の受付に行き、「ケアマネージャーのSさんに弟の事を話したKさんに合わせて下さい」とお願いしたが、「さあ、そんな人はいません。うちのケアマネージャーはそう言う人ではありません」と言って全然相手にして頂けず、後は知らぬ顔で、他に七、八人の人達がいたがだれもが見て見ぬふりをしていた。無責任なケアマネージャーのいる所だけあって、真剣に話を聞いてくれる人もいない所だとあきれてそのまま帰った。

ヘルパーさん達に支えられて

私は以前お世話になったことのある愛光園の長さんに相談してみる事にした。長さんはとても真面目で親切な人だった。家に着きすぐに長さんにＴＥＬを入れると、すぐその日の午後三時に伺いますという約束どおり五、六分前には来て下さった。私がこれまでの事を詳しく話したら、長さんはただ黙って聞いていて余計な事は話さず、物静かにやっと口を開いて「私が知ってる方もケアマネージャーをしていますので、その方に相談してみましょうか。その方は男の方ですが、よろしいですか」と言われた。私は、

「はい、長さんの知り合いの方なら間違いない人だと思いますから、お任せ致します。よろしくお願いします」

「では、その方と話をして又連絡致します。その方はとても忙しい方なので、すぐ会えるか分かりませんので、いつとは今約束出来ませんし、その方になるか、別の方を

紹介して頂けるかも分かりません。二、三日待って下さい」と言われて帰られた。

私はいつの日になるか多少不安があったが、何と翌日の朝、長さんよりＴＥＬがあり、相変らず真面目な長さんは、約束の時間前に来て下さった。

「市役所の方に持って来て頂いた介護者相談の一覧表を見せて下さい」と言ったので、すぐに見せると、

「ここのプロムナードひこやさんのケアマネージャーの永島さんに佐藤さんの事をお話ししましたら、受け持って相談に乗って下さるそうですので、いつお姉さんの時間が取れるかお聞きして、日時を決めて三人で話し合いをしたいと思います」と、こんなにも早く動いて下さるとは本当のところ考えてもいなかった。

「はい、私はいつでも、弟の事なので時間は作ります。私の方がお願いするのですから、お二人の都合に合わせます」と返事すると「じゃ待って下さい。電話して聞いてみますから」と一旦外へ出られ、「明日午前十時だったら時間が取れるそうなので、僕と永島さんとで伺いたいのですが、よろしくお願いします」と長さんは帰っていかれた。お願いしますという言葉は私が言うせりふなのに、この方は何と丁寧なおとなしい方か、又改めて信頼出来る人だと安心した。これからはこの方に何でも相談すればきっと力になってくれるのではと自分勝手に決め、一安心し、明日が待ち遠しく

久々に明るい気持ちになれた。

そして茂に話をした。今日は分かるかな、今は平常なのかと思いつつ、長さんの事、明日、永島さんというケアマネージャーさんが午前中に来て下さる事を話した。今日は茂も気分が良いと見え、私が話した意味が分かってくれたのかと感じた。気持ちが多少なり楽になり、明日を楽しみに、茂に目薬をさして夕食を食べさせ、息子に後の事はよく頼んで仕事に出かけた。

職場でも何となく身体が軽く感じ時間の経つのも早く感じられた。

次の朝、長さんから「十時頃伺ってもよいでしょうか」と確認の電話が入った。「はい、お待ちしております」と返事をし電話を切った。そして茂のベッドのそばへ行き「茂チャン、今から長さんと永島さんというケアマネージャーさんが来てくれるって、良かったネ」と、今日も気分が良いと見えて笑顔で頭を上下に振った。

茂は日頃から余り話をしない。口数が少ない方だし、まして病気になってからは余計に無口になり、私と一日中言葉を交わす事がない日が多くなり、「姉チャン、腹減った、何かちょうだい」としか言わない。よほど気分が良い時は、少しずつだけど昔の事を思い出したように話す時もある。それでも毎日顔を見ていれば、笑顔か嫌な顔かでその時の気持ちは分かる。

午前十時少し前に長さんが「ごめん下さい」とドアを開けて頭を下げ、長さんの後ろから、三十歳前後の若くてハンサムな好青年と言うか落ち着いた男性が頭を下げた。

「はい、お待ちして居りました。どうぞお上がり下さい」と言うと、

「失礼します」と再び二人は私に一礼して、「佐藤さんこんにちは」とベッドに近づき、寝ている茂の顔をのぞき、二人一緒に頭を下げた。

「すみません、忙しいのにわざわざ来て頂いて」

長さんは後ろにいる男性の方を向きながら、「こちらが、プロムナードひこやさんのケアマネージャーの永島さんです」と紹介して下さると、男性は名刺を出しながら
「永島です。よろしくお願いします」と言って又頭を下げた。

「いいえ、お願いするのは私の方です。色々あってどうして良いか分からなかったものですから、長さんを唯一の頼みと思ってお願いしました。こちらこそお願いします」と頭を下げた。物静かで頭の良さそうな、一見しただけで、この人なら茂の事をお願い出来そうだ、きっと私と茂の力になって下さる人だ、と直感した。

茂の糖尿病の合併症の事や、今まで入退院を何回も繰り返し、二回も危篤状態になり生死をさまよい、やっと助かり現在に至った事を話し、今までの書類を見て頂いた。

私は午後七時に仕事に出掛け、朝は早くて午前四時頃、遅い時は七時か八時頃にな

る事もあると話した。又、毎日私の睡眠時間が三時間ほどがやっとで、さらに茂を風呂に入れる日と通院する日は、一睡も出来ず仕事に行かなくてはならない。夏は週に二回風呂に入れ、通院は週二回なので、身体の所々が痛くて疲れもひどく、それでも仕事は休む事が出来ない。自分の生活はもちろん、茂の病院代、おむつ等や色々と雑貨にお金がかかる。娘の結婚資金にと考えていた定期預金も手術代などでなくなり、それでも足りず売れる物は皆売ってしまい、わずかの生活費として普通預金も底をついた。切羽詰まって義姉のおじさんにお願いして、私が茂を引き取って五年目にやっと、茂は生活保護者として市で見て頂く事になり、又身体障害者一級なので、医療の方は無料になり、私にとって大変助かった。

でも、市から月々六万五千円ほど生活費が送られて来たが、茂の部屋は一日中暗く電気を付けていなければならず、又着る物も身長が一七五もありＬＬしか着られず、パジャマやつなぎも普通の値段より高く、食事も特別で又飲み物もやりくりするのがやっとだった。それでも、私には病院代や食事代だけでも大変助かった。これで、疲れがひどい時は一日でも休みが取れるとホッとしたのが本音だ。又六十五歳以上だった介護保険も、市役所に四か月も通ったかいがあって、五十五歳でも障害者一級と言う事で介護保険が五となり、有り難いけれども複雑な思いで受けている事等々を話した。

長さんのおかげで立派なケアマネージャーの方を紹介して頂き、長々と話をし、私にとっても茂にとっても最も良いプランを立てて、私の満足のいくヘルパーさんを紹介して下さることになった。プランが出来上がり次第早急に連絡をし、一日も早くお姉さんが少しでも身体を休めるようにしましょうと、何度も約束して下さった。長時間、長さんも付き合って下さり、又長さんも身体障害者の方で何か出来る事がないか、役所に行って調べてみますと私達に協力的だった。

二人が帰られて、茂に「良かったネ、もうすぐヘルパーさんが来てくれることになったから、通院する時や車に乗り降りする時に痛い思いをしないで済むね。姉チャンは茂チャンより小さいから、いつも茂チャンを引きずるように乗り降りして、痛い思いをさせてごめんね。何も言わないけれど、茂は我慢してたんでしょう、姉チャン、分かっていたよ。ヘルパーさんが来てくれれば痛い思いはもうさせないからね。今まで我慢してくれてて有り難う。もう少しだからね、もう少し我慢してネ」と一方的に話をすると、じっと聞いていた茂が、にっこりと笑って頭を上下に振ってくれた。

それから三日目、永島さんからＴＥＬがあり、「ヘルパーさんの会社も私にお任せ頂けますか」と連絡があり、「はい、お任せします」と返事をすると「じゃ分かりました。又連絡します」と切れた。それからそれほど時間が経たないうちに「ヘルパーさんを連れて予定表をお持ちしますが、時間は大丈夫でしょうか」という事で、一も二もなく「いつでもお待ちして居ります」と返事をした。

するると昼過ぎに家へ男性の体格の良いヘルパーさんを連れてきた。ヘルパーさんは「アズミ会社のヘルパー浅子です」と自分から頭を下げ、よろしくお願いしますと名刺を出して、「正式の名はアズミメディケアサービス栃木と長い会社です。永島から弟さんは身長が高く病院は遠いし、姉さんも年だし、出来る限り何でも一人で出来るようにして、姉さんを少しでも休ませてあげなくてはと聞いています」と言って下さった。その言葉だけでも涙が出るほど嬉しかった。永島さんは私の思った通り弟の事はもちろん私の事まで計算に入れ、男性ヘルパーさんを連れてきて下さったのだ。浅子さんという男性は、私が「名字は」と聞くと「はい、姓が浅子なんです」と答えた。よく人に言われるという。まだ年は二十四歳と若いのに子供さんがいるとの事、私の息子よりも一つ年下なのに、何としっかりとした人だと感心した。

「本当に有り難うございます。何から何まで、永島さんにおまかせ致しますので、弟の事よろしくお願い致します」と頭を下げた。

「どれだけ力になれるか分かりませんが、何でも言って下さい。出来る事は何でもお手伝いさせて頂きます」と、永島さんは丁寧に言って下さった。「では明日からヘルパーが入ります。計画表はこの通りで、週に二回通院、土日昼、夜食事介護、毎月一週間目の月曜日は眼科通院、週に一回風呂入れには二人のヘルパーが来ます。お姉さんは最初だけ入れ方を詳しく教えて、後は二人で入れるのでゆっくり休んで下さい」とプログラムが組まれていた。一度に私の体を休ませて頂く時間が多くなりホッとしたと同時に、永島さんを紹介して下さった長さんに心から感謝し、そして、私と弟の為に、とても力強いヘルパーさんを連れてきて下さった永島さんにも心から感謝した。

弟のショートステイから、二人しての入院生活

ヘルパーさんが来て下さるようになってから、私がする介護の数が少なくなり、睡眠も五、六時間は取れるようになったけれど、通院する日はやはり一睡も出来ない。点滴をしている時も茂は不安がり「姉チャン、姉チャン」と私の顔が見えないと大声で呼ぶので、ベッドの側で付いていてあげなくてはならずウトウトするのが精一杯だ。

店は二部制なので、早出の時は四時三十分に家を出て五時前に店を開け、遅出の時は午後十一時より朝は早く終われば午前四時か五時、又土日となると午後一時頃になる事もよくあった。弟を見るようになってからは、早番はとても無理なので、中間に働かせて頂き、緊急の場合夜中に帰してもらう事もたびたびあった。マスターに色々と便宜を図って頂いているので、出来るだけ店には時間を決めず長くいて、仕事を多く出来るように心掛けている。よほど疲れてる時は休ませて頂く事にしているが、睡眠不足と疲労の為、何度か仕事中に倒れて皆様に迷惑をかけ、マスターが息子にＴＥ

しをして迎えに来てもらい、救急センターで点滴を打ってもらった事も何度もあった。

今度は家で身体が動かなくなった。息子が救急車を呼ぼうかと言うけれど、茂の事で何回も呼んだ事があり「お母さんの事で呼ぶ事無いから。執に病院へ連れて行ってもらって点滴をしてもらえばすぐ元気になるから」と言って息子に背負われ、車で病院へ向かった。

病院の先生は「二、三日入院し療養した方がいい。一回点滴して今日帰るのは無理でしょう。かなり身体が弱っていて又すぐ倒れますよ。一時的に良くなってもだめです」と言われたけれど、今私は入院するわけにはいかない。茂が家で寝たきりだから、私が入院すれば、誰が茂の面倒を見るのだ。だからと言って茂を施設や病院に入れれば、命が何か月持つかの保証がない。家に居て私が看ているから、ストレスもたまらず、何かあればすぐに目が届き処置が出来るから、茂さんはもうだめでしょうと何回も何人の先生に言われても生き延びているのだ。私はその日一日だけ泊まって、朝早く茂の朝食までに息子に迎えに来てもらった。

茂の事を聞くと、別に変わった事はなかったと言う。

茂の朝の食事は作って食べさせて上げられないので、息子に色々と指示をした。薬が五種類あるので、飲ませ方、又食事の食べさせ方などを教えるために、私をベッドの横に座らせてもらい、茂にスプーンとフォークで食べさせてもらった。おむつは取り替えられないので、ヘルパーさんが昼来てくれるまで我慢をしてもらい、バルーンのおしっこだけ取り替え、息子に捨ててもらった。

九時になって、すぐケアマネージャーの永島さんに昨日の事を、そして今の私の身体の状態をＴＥＬすると、すぐに駆けつけて下さった。そして、私の状態を見て、又会社へ引き返され、尾花さんと言う女性の方を連れて、弟が寝て行ける大きな車で来られた。私が元気になるまで、六日間、ひこやさんで預かって下さるとの事で、茂を連れて行った。私は嬉しさと不安があったけれど、茂の食事の事、毎日何をすれば良いか、尾花さんに詳しく話した。尾花さんは私が話す事を一つ一つメモしながら、優しく、一日も早く元気になって下さいと言って、茂を連れて行った。

何をさし置いても、一番先に駆けつけ、あっと言う間に何もかも手配して下さった永島さんの仕事ぶりに改めて頭が下がって、心の中で何度も何度も有り難う有り難うと手を合わせて感謝の気持ちを表した。

病院以外の施設に初めて茂を預け、床に入ったもののやはり心配だった。永島さんや尾花さんの事は信頼していたけれど、茂自身が知らない所へいきなり連れて行かれて不安がり、又血糖値が上がってストレスがたまるのではないかと思うと、横になっても眠れず、自分自身の身体が動かないのが悔しくてならない。私の食事は息子が、お母さん何か食べないと元気になれないよと毎回毎回気を遣って「食べたい物ない？」と聞きながら食べさせてくれた。

三日目に少し調子も良くなった感じがして、茂の事が、一時間たりとも頭から離れず、様子を見に行く事にした。息子は「まだだめだよ。もし途中、運転中に具合が悪くなったら大変だからやめなよ」と止めた。「大丈夫、今日はとても気分がいいから」と言って自分で運転し出掛けたが、初めて行く施設で少し遠い。道がなかなか分からなくて途中で何回も何回も聞きながら、四十分以上もかかってやっとひこやさんに着いたところ、昼食の時間だった。

食堂は大変広く、茂がどこにいるか分からない。すると尾花さんがいて、すぐに茂の所へ案内して下さり、尾花さんも忙しいと見え、何も話す事なくすぐに去って行った。茂はテーブルの前に車椅子に乗せられたまま、皆が揃うまで待たされていた。私が近づくと嬉しそうに少し笑顔を見せては涙ぐんでいた。

廻りを見回すと年寄りばかりで、若いのは茂くらいだった。ほとんどの人達が車椅子に乗せられ、いくつかのテーブルに分かれていた。目で数えて見ると約五十七人ほどで、通いで来ている方が十九人いて、厨房の人は全部見る事は出来なかったが、車椅子の人達を世話している男性が三人、女性が四人いた。わずか七人でこんなにも大勢の人達に食事をさせるのは大変な仕事だ、待ってる人も大変だけれど、大仕事だとびっくりして見ていた。ショートに来ている人達の所は仕切りがあって、何人の人達が御世話をしているのか、よく見えなかった。

とりあえず茂には私が食べさせて上げることにした。食事直前、血糖値を上げない薬を飲ませるのに水が来てなかったので、厨房に行って「すみません、薬を飲ませたいので、お水を頂けますか」と声を掛けると、すぐにコップに水を入れて持って来て下さった。他の人達は老人がほとんどなので、食前に薬を飲むのは茂くらいだから、お水はきっと食事が終わってから持って来る事になっていたのかもしれないと一人思いながら、茂に食前の薬を飲ませた。

茂に食事をさせる前に出ている食事を私が少しずつ試食してみた。見た目にもカラフルでとてもおいしそうで味もとても良かった。この何年間かに、私も茂も何軒もの病院や施設にて食事をして来たが、必ず茂の入院先の食事は味見をし、物を確かめて、食べさせて良い物と悪い物を分けて食べさせた。どこの病院でも、一つや二つは味が濃く食べさせてはいけない物も時々入っていたけれど、ひこやさんは病人や年寄りに食べさせても、一般の人が食べてもおいしい味付けがしてあった。

「茂よかったね、姉チャンが作るよりとてもおいしくて色々品が多くて、茂は幸福だネ」と言うと、その事には何も答えなくて「姉チャン、いつ迎えに来てくれる？　いつ帰れる？」と言う。「そうね、姉チャン今日はとても気分がいいから、これで食事が取れればもっと元気になれると思うから、そしたらすぐに迎えに来るからね。もう少し待ってネ」と顔をのぞき込んで言うと「うん」と一言下を向いたまま、少しがっかりしたような顔をして返事が返ってきた。

食事を終え、食後の薬を飲ませる為に、今度は自分で水道の水をコップにくんで来て飲ませた。よだれ掛けを取り、おしぼりで口のまわりを拭いてやり、介護の方に声をかけた。

「茂をベッドに寝かせてやりたいのですが、よろしいでしょうか」と尋ねると「ちょっと待って下さい」と言って食堂を出て行き、永島さんを呼んで来て下さった。「お姉さん、僕が茂さんを部屋へ連れて行きますから、ついて来て下さい」と言って茂の車椅子を押しながら「どうぞ」と言って先に歩き出し、茂の部屋へ案内してくれた。そこへ別の女性も見え、茂を車椅子からベッドへ移し寝かせてくれた。茂の部屋は四人部屋できちんと整頓してあり、きれいに掃除もしてあり感じの良い部屋だった。

食事も良く、世話をして下さっている人達もてきぱきと笑顔を絶やさず働いていて、とても感じが良く、少し安心した。ただ茂が余り元気がなく帰りたがっているのが気になり、永島さんと話をして、よろしくお願いしますと言って帰って来た。帰り際に永島さんは「お姉さんも一日も早く元気になって下さい」と心配して下さり、駐車場の車の所まで送って下さった。帰り道は近道を教わり、行きは四十分以上もかかったのに帰りは半分の二十分余りで家へ着いた。

家に着いても、茂のあの淋しそうな元気のない様子が気になり、又明日行ってみようと思った。翌日は夕食の時間を前もってTELで聞き、その時間に合わせて行った。その時は尾花さんも永島さんも外出していなかった。私は受付の窓から声をかけ、勝手に食堂に入って行った。そこには茂の姿は見えず、年寄りの人達も余り来ていなかった。まだ少し早かったのかなと思いながら茂の部屋へ行った。

「茂、夕食だよ、姉チャンが連れてってあげるネ」と声をかけると、茂は「姉チャン、迎えに来たんじゃないの？　俺帰りたい」と言った。私はすぐに返事が出来なかった。少し考えて、茂を車椅子に移しながら「そうね、姉チャンも大分元気になったからあと一日待って。明後日、永島さんにお願いして送ってもらうようにするから。姉チャン一人じゃ無理だからネ」と言って納得させた。

私は思った。茂が家へ帰りたがらなければ、もう少し長くいてくれれば、私も身体が休めて元気になれるのにと。けれども茂が、私が作るまずい食事でもやはり家の方が良いのなら、なるたけ早く家へ連れて帰ろう。翌日の朝、茂を送って下さるよう永島さんにお願いして、いつでも帰ってこられるように、茂の部屋を掃除し、ベッドをきれいにみんな新しく取り替えて待っていた。

九月六日午前中、茂を永島さんと尾花さんが送って下さった。茂はベッドに横になるなり笑顔を見せ、ホッとしたのか目をつむった。永島さんは施設での生活の記録帳を渡して下さり、少し話をして、私の身体の事を心配して「お大事に」と言って、茂にも「又来ますね」と声をかけて帰られた。

茂が帰って来て又私は忙しくなった。ヘルパーさんは一日一回、夕食を食べさせに来てくれ、週二回リハビリを兼ねて風呂に入れに来てくれ週二回点滴を打つために通院と言う日々が続き、私は又夜七時から仕事に出掛ける。

ヘルパーさんに手伝ってもらっていても日々疲れが出た。介護保険が適用されるまで、一人でがんばって気が張っていたのか、自分の年さえ気にせず、昼間は茂の介護、夜は雀荘で仕事をし、職場や自宅で何回も倒れたり、寝込んだりしたため、今回はひこやさんで何日か預かって頂き助かったけれど、又再び疲れが出てきた。

九月二十八日、又しても私が倒れた。前とは違って、歩く事はもちろん食事ものどを通らず、少しでも無理して口に入れると吐き出して、苦しみ、二日間店を休み家で寝ていた。それでも茂の介護があるので、這いずりながら息子や娘に手伝ってもらい、弟を見ていた。けれど少しも良くなるどころか、悪くなる一方なので、又息子に背負われ車に乗せて行ってもらい、福島病院で診て頂いた。

その日帰してもらえず入院となった。しかし茂の事があり、一日はヘルパーさんや息子と娘に見てもらっていたが心配で、院長先生に事情を話した。すると院長先生は快く聞いて下さり、病院の救急用の車で私の家まで行って茂を連れて来て、私が退院するまで一緒に入院させて下さることになった。

それから二人しての入院生活が始まり、私は三階、茂は一階の一番奥の四人部屋で年寄りが長く入院している部屋だった。

茂は又も入院させられ、やっと施設から帰って来て間がないのに心細いだろうと、看護師さんにお願いして、車椅子に乗せて連れて行ってもらい、五、六分ほど話をし、又三階の私の部屋へ連れて帰って頂いた。

入院して一週間ほどで、少しずつおかゆが食べられるようになったけれど、点滴は毎日二時間以上して、茂の所には夕食後、お茶を持って手すりにつかまりながらゆっくりと自分の足で歩いて行った。いつまでも車椅子で看護師さんに迷惑をかけては申し訳無いと思い、がんばって歩いていった。又、車椅子で看護師さんと一緒だと、茂も「何でだろう、姉チャンが車椅子で」と心配するといけないから。

「茂、姉チャンもう一人で歩けるから、もう少しで退院出来るかもしれないね。一緒に家へ帰ろうね」と言うと、頭を上下に振り、笑顔を見せてくれた。

弟の転院　～腎臓機能低下～

ところが、私は少しずつ元気になっていくものの、今度は茂が反対に悪くなっていくばかりだった。

「佐藤さんはかなり腎臓機能が低下しておりますので、もしかして透析をしなくてはいけないかもしれません。うちの病院では透析はしていませんので、別の病院を探してそちらに移さなければ命が危ないです」と院長先生に聞かされた。

私もやっと歩けるようになった程度でまだ食事も満足に取る事も出来ず、どうしたら良いのか。親戚には誰にも知らせてないし。民生委員さんも、福祉の方も一度として来てくれず、ケアマネージャーの永島さんだけが二、三度心配して来て下さっただけ。そして身体障害者の方で茂の専用車椅子を作って下さると言う事で相談役をしていた長さんが、一人体型を計る人を連れて二度見えた。

娘が仕事の合間をぬって私と茂の洗濯物を届けてくれたり、透析の出来る病院を何軒か探して、場所や電話番号などを調べて持って来てくれた。

茂は身体障害者一級、そして一人者で生活保護を受けているにもかかわらず、足利の福祉や民生委員さんなどは二か月以上も入院していたのに一度も来てくれなかった。前に日赤に入院五か月もしていても同じだった。足利市の福祉は、こんなにも困っている人に温かい言葉一つかけてくれないものなのかと、私はその時心から淋しい思いがした。福祉制度とは名ばかりで、選挙の時だけ、わざわざ病室まで押しかけて、私だけならまだしも、何も分からず目もほとんど見えず字も書けない茂にまで、写真やポスターを持って来て「どの人がいい？　指さして」と無理に不在者投票をさせたと、後で部屋の人に聞いた。

私は院長先生が止めるのも聞かず茂より二日早く退院させて頂き、透析の出来る病院を探した。そして家から近く、茂が車に余り長く乗らずに済む病院の内部を下調べして、やっと三軒目の両毛クリニックという病院に行ってみる事にした。

両毛クリニックの院長先生とお会いして、今までの状態を詳しく話すと、一度本人と会ってみましょうと言って下さった。その旨福島病院の先生に話し紹介状を書いて頂き、十二月二十一日火曜日に退院し、翌日両毛クリニックにて初診して頂いた。その日のうちに、透析が出来るか検査入院となり、結果を見て、通院で出来るか入院で透析をするか決めましょうとおっしゃられた。

　この病院は完全看護ではないので、付き添いがいる。又介護保険が使用出来ないので、介護五でもヘルパーさんに来て頂けない。又入院費や雑費がかかり、自分の生活もある。完治していない身体にむち打って夜働き、その足で病院へ行き、茂の朝食、おむつ替え、薬を飲ませ、目薬をさす。そんな日が一週間続き、私はもう自分が何をしているのか、今日は何日かも忘れるほどひたすらクリニックと家、職場とこの三か所を毎日ぐるぐると廻る日々だった。

　そんな私の姿にクリニックの看護師さんが「お姉さん、今から帰られてもすぐお昼に来なければなりません。良かったら隣のベッドがあいていますので、お昼の食事まで休んで、御自由にお使い下さい」と親切に言って下さった。

　院長先生も、茂の事をとても良く詳しく検査して下さり、わかりやすく説明をして下さった。

「出来る事なら透析をしないで済むように、様子を見てがんばってみましょう。仮に透析になっても佐藤さんの場合、血管がボロボロで、透析しても何時間もつか保証出来ません」と言われ、「透析をしないで生きられる方法を考えましょう」と茂の事を心から心配して下さり、又、私の顔色を見て「お姉さんも大分疲労がたまっているようですから、朝食だけは看護師にやらせますので、お姉さんはせめて朝だけはゆっくり家で休んで、昼と夕食だけに来て下されば良いですよ」と親切に言って下さった。院長先生が良い人ならば、良き指導をされていると見え、看護師さん始め事務の方々もいつも明るく親切な人達ばかりで私も心が軽くなる思いだった。

たび重なる入退院にあきらめたのか、今回は顔色一つ変えず何も口にせず、私や看護師さんのなすがままだった。

両毛クリニックに十二月二十二日に入院し、翌年の三月中頃まで入院していたが、やむにやまれず退院して、介護保険のお世話になる事にした。通院するようになってから、又永島さんが、ヘルパーさんは三人共男性ヘルパーさんにして下さり、風呂に入れる時は、男性一人と女性一人のヘルパーさんを、派遣して下さった。時々、長さんも茂の様子を見にチョット立ちよりましたと顔を出して、「お姉さん、自分の身体も大切にして下さい」と心配して下さり、本当に皆さんには心から感謝感謝だった。永島さんも、まめに我が家を訪れてくれた。茂は身長が一七五センチもあるので、男性ヘルパーさん、女性ヘルパーさんを選んで連れて来て下さるのに大変苦労されたと思う。

茂の検査入院の結果「弟さんはかなり腎臓が悪いので四、五月頃が山場でしょう。

もし、もっても十一月頃まではとてもむずかしいでしょう。お姉さんには酷かも知れませんが、今から心構えをしてて下さい」と言われたが、私はもはや覚悟は出来ていた。福島病院で、二度も危篤状態になり、何とか本人もがんばって助かった。そして一年の月日が流れたのだ。両毛クリニックで三か月間も入院し、透析はせずに無事退院して、日々顔色も良くなり食欲も出て、時々「姉チャン、腹減った」と大声で言う時もあった。

男性三人のヘルパーさんの、浅子さん、菊地君、カズチャンは、もう二年ほどほとんど毎日来て下さり、私が少しでも顔色が悪いと、お姉さん何か手伝う事ありますかと、私にまで気を遣って下さる。カズチャンはとても力持ちで、通院の

背負うように引きずる

時は一人で茂を抱きかかえて、車の乗り降りや、病院のベッドにも一人で寝かせてくれて、おむつを替えて下さる。私には何もさせず、「お姉さんは病院のソファで横になって休んでて下さい」と言って何もかも一人でやって下さるので、通院の時は、茂のウロガードの交換、点滴などしている一時間三十分近く休ませて頂く事が出来、とても有り難く感謝していた。又菊地君は、私と同じ年代のお母さんがガンをわずらい、介護の為、何か月も会社を休み亡くなるまで見守った経験のある事から、かゆい所まで手が届くという言葉が有るように、とても行き届いた介護をして下さった。

長さんのおかげで車椅子も茂の身長に合わせ、リクライニング式で立派な物が出来てき

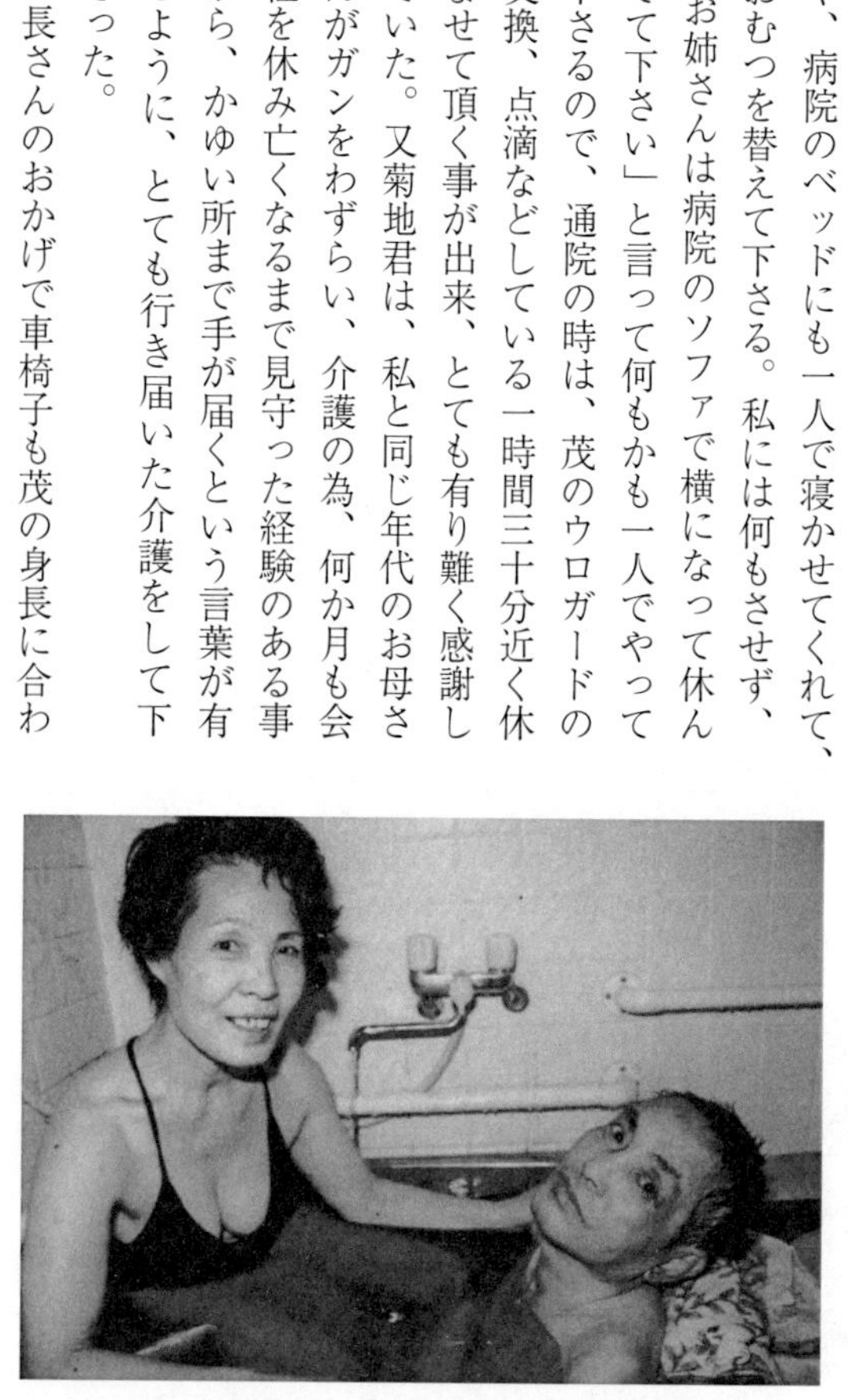

お風呂から中々上がろうとしない

た。お風呂も今までは、私が水着を着て茂を背負いお風呂場まで連れて行き、一緒に入っておぼれないようにささえていた。茂はとても風呂が好きなので、三十分以上経っても上がろうとしない。薬草湯でぬるくしてあるので、中々上がると言わないので、私の方が時々のぼせて気分が悪くなる時もあり、そんな時は息子を呼んで、茂をベッドまで抱いてつれて行ってもらう事もしばしば。そんな様子をきいて長さんが、組立式風呂を身体障害者の方から寄付して頂けるように手続きして下さったので、ベッドのすぐ横でヘルパーさんと二人で楽に入れてやれるようになった。

その頃、近所の人達は誰も我が家に近寄らなくなり、組合の人達による嫌がらせやいじ

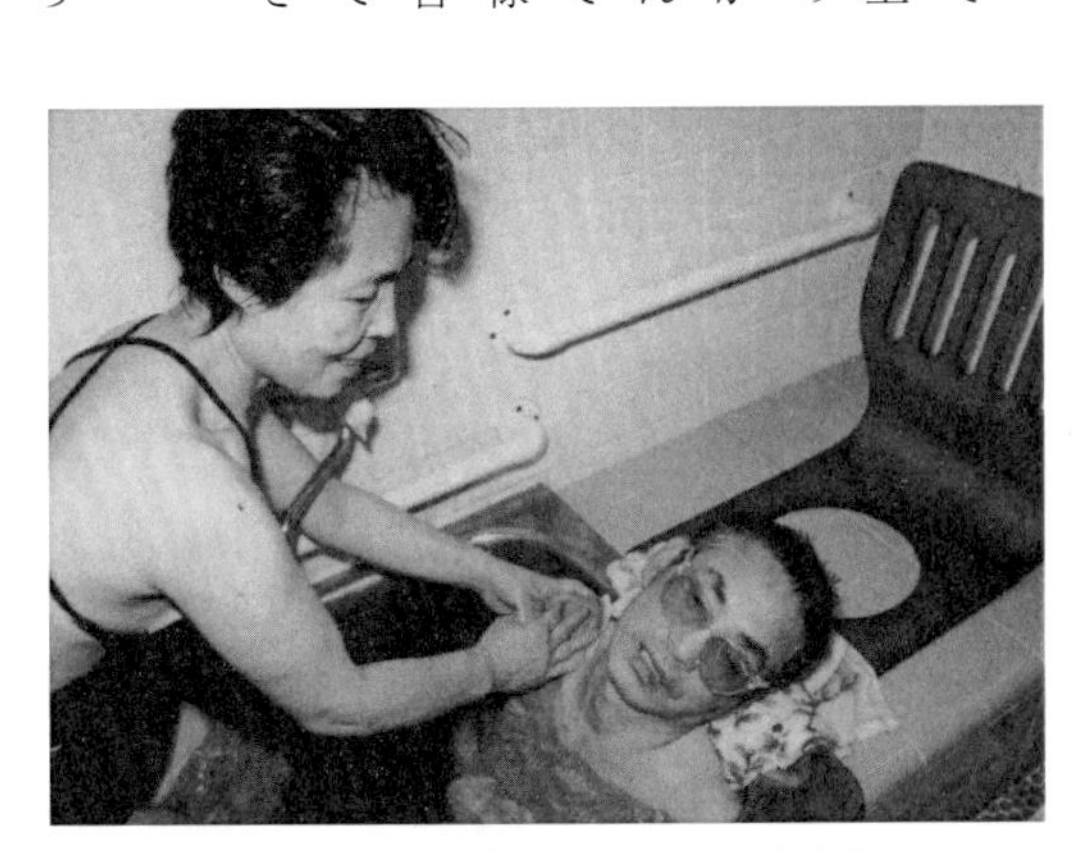

薬草の入った袋で痛みのあるところをさする

めが続いていた。一方、私と同じように自宅で介護されている人達を見守っている介護関係者の方々は、つねに「お姉さん無理をなさらず、何でも相談して、自分の身体を大切にして下さい」と励まして下さり、涙が出るほど嬉しい言葉だった。

再び尿毒症の恐れを乗り越え

平成十二年十一月になって、やはり今年いっぱいで茂はだめなのかと、年を越えるまで恐ろしく、毎日カレンダーを見ながら「ああ、今日も大丈夫だった。食欲もあるし尿も適量出てるし、便もきれいで毎日出ている」と毎日チェックして安心していた。

ところがやっと年が越せたと思ったのもつかの間、一月二日から私は仕事に出ていた夜中一時頃、何となく茂の事がふと頭に浮かんで気になり、店も少し暇になったので、「すみません、少し家へ行って来て良いでしょうか？　三十分ほどで帰って来ますから」と聞くとマスターは「ああ、いいよ」と快く返事してくれた。

車で自宅まで五、六分、茂の様子を見て引き返して三十分もあれば大丈夫だと思って帰ってみる事にした。私の勘は当たった。茂の部屋のドアを開けると、冷や汗をびっしょりとかいて下着はもちろん、つなぎもシーツ、タオルケットまですべて身につけている物全部、びっしょりぬれているではないか。何が起きたかすぐに分かった。

ウロガードを見ると空っぽだ。夕食後尿が一滴も出ておらず、尿毒症を起こしそうなのだ。娘が正月で帰って来ていたので、娘と息子をすぐに起こして救急車を呼ぶように指示し、その間に身体全部をふき、下着やおむつを取りかえ、寒くないようにフード付きの厚手のコートを着せて救急車が来るのを待った。

弟の苦しそうにうなる声を聞いていて、代われるものなら苦しみを分かちあいたいと強く願い、「仏様、お父さん、お母さん、茂の苦しみを私に移して」と心の中で、病院に着くまで、救急車の中でも祈り続けた。

病院では当直の先生が糖尿病の事は何も分からない人だったので、茂は苦しみがひどくなるばかりで、やっとの思いで「姉チャン、姉チャン」と叫ぶだけだった。看護師さんが泌尿器科の先生の自宅へＴＥＬを入れて下さり、三十分ほどで来て下さるそうですと言い残し、何もせず、私と弟二人っきりにして診察室を出てゆかれた。茂は苦しむ一方で、三十分も苦しみ続けるとどうかしてしまうのではないかと気が気ではなかった。私は茂の手をしっかりにぎりしめ、「茂チャンもう少しで先生が見えるから、そしたら、苦しみも痛みも取ってくれるから、もう少し、ガンバロウ」と励ましたが、私の手も汗でベトベト、長い長い三十分だった。

やっと先生が見えて、注射器で尿をすい取り三五〇ccほど取れた。先生は「こんなにも膀胱にたまっていて、これ以上たまると毒素が身体中にまわって大変な事になるところでした。どうしてもう少し早く来なかったのですか」と言われたが、何と答えて良いか分からなかった。でも茂が苦しみから解放され、目をつむって眠り始めたのでホッとした。

先生は病室を用意して入院の仕度をしてと看護師さんに指示していた。「入院でしょうか?」と聞くと「少し様子を見て明日検査をした方が良いでしょう」と言われたが、「すみません、本人が入院はいやだと言いますので、明日又来ますので、とりあえず今日は帰らせて下さい」と無理に帰してもらった。そして娘にTELして迎えに来るように言って、店にも事情を話し、「申し訳ありませんが早引きと明日は休ませて下さい」と言うと、マスターは快く、お大事にと休みを承諾してくれた。茂は家に着くと安心したのかベッドに寝かして上げるとすぐに眠りに付いた。もう外は明るくなり始めて、時計を見ると六時半を過ぎていた。

クリニックの先生が、十一月頃が山でしょうと言っていたのに、十一月を過ぎ何事もなく十二月も過ぎたため、安心して私の気がゆるんだのがいけなかった。夜中に、一、二度、茂の様子を見てくれるように娘や息子にもう少したのんでおくべきだった。私の不注意だった。「ごめんなさい、茂チャン許して。苦しかっただろう。今日は皆忘れて楽しい夢でも見ながら、姉チャンを許してネ。今度からはもっと気を付けるからね」と眠っている茂の頭をなでながら許しを請うた。

もう一度自分一人でベッドに起き上がれるようになるだけで良い。寝返り出来て「姉チャン、生きてて良かった」という言葉が聞けたら、どんなに嬉しいか。その言葉がほしくて、一日一日顔色を見て、笑顔で、「姉チャン、テレビつけて」と言う声を聞くのが、私の毎日の楽しみだ。

正月以来、無事平安な日々が続き、私は、昼はヘルパーさん達に助けられながら茂の介護をし、夜は息子に、茂を時々見て上げてと頼み仕事に行った。

五月、六月にかけて、毎年フラワーパーク

足利フラワーパークにて

に茂を花見に連れて行く。昨年は時期が一番良く当たって、美しい色とりどりの藤の花やつつじ、あやめ、その他の花々が満開だった。茂には余りよく見えなかったかも知れないけれど、嬉しそうに、ニコニコと気分良さそうに車椅子にもたれていた。

今年も又連れて行こうと思っていたが微熱が長く続き、私も何回か店で仕事中に倒れたり、病院で点滴を受けたりしていたので、今年は花見は休む事にした。

そして八月、花火は家のすぐ前の土手の下で行われるので、毎年、茂を車椅子に乗せて、安全な所で見せてやる。いつも決まって茂は、「姉チャン、ビールは」と当たり前のように手をさし出す。花火はバンバン上がっている

のに上を見ようとしない。花火には興味がなく、ビールとつまみが食べたくて、花火見に行こうと言ったのか、そう思うとおかしくもあった。

ビールを飲んで焼ソバを食べ終わると、「姉チャン、良いにおいがするよ、トウモロコシ買って」と言い出した。もうビールと焼ソバで、茂の食事のカロリーはいっぱいだ、どうしよう。血糖値が上がると又苦しむのは茂、苦しませたくない。けれど、本人は食べたがっている。一年に一度の花火大会、「明日少しカロリーを下げて食事をさせて調整すれば良いか」と独り言を言いながらトウモロコシの屋台を見つけて買った。そして家で食べることにし、家に着くと、トウモロコシは半分にして渡した。

茂は、すぐにかじりついて食べ始めた。食べ終わると満足したのか、目をつむった。少し疲れたのだろう。

翌朝目が覚めるとすぐに茂の部屋に行き、「茂、お腹は痛くない？　昨日たくさん食べたから」と聞くと「ウウン」と頭を横に振った。

「そう、それは良かった。ビールも飲んだし、焼ソバも食べたから、少し心配しちゃった。うんちは出てる」と聞くと、「出てない」と言った。ウロガードを見ると余りにごってない。足のむくみを見ようと布団を上げて見ると、プーンと臭いがした。

「茂チャン、うそついたネ、臭うよ。ダメだよ、うんちが出たらすぐに出てると言わなくちゃ」と言うとニコッと笑った。「今取り替えてやるからね」とおむつを取り替えたら、便は普通の便でやわらかくなかったので安心した。

しかし、血糖値を計ってみると、やはり一八〇にも上がっていた。これは大変、又茂が苦しむ。糖分とカロリーを減らし、血糖値を下げなくてはと、朝食と昼食は糖分とカロリーを下げ、しかも体力が落ちない、力のつく物、そしてお腹に溜まる物を作って食べさせた。

いつも夕食だけは、私が早く仕事に出る時があるため、糖尿病食を取る事にしている。夕食は浅子さんが来て下さるので、手紙を書き、息子にも伝えて、五時少し前に家を出た。浅子さんは連絡帳をかならず見てから、仕事にかかる。最近では浅子さんもよく分かっていて、こまかい事は、私が言わなくても、茂の事、身体の事を大事に思ってつねに注意して介護をして下さる、菊地君、カズチャン、浅子さんの三人には、いつも心から感謝し、安心して茂の事をお願いして仕事が出来る。

三人共とても明るく性格も良く、何しろ力があるので何でも一人でやってくれて「お姉さん今日身体の調子はいかがですか。僕達でやりますから、ゆっくり休んでて下さい」と言っていつも気遣って下さる。

「大丈夫です、ありがとう。弟の事よろしくお願いします」と言えば「大丈夫だよネ、茂さん」と、親子ほど年がはなれているのにまるで友人に話しかけるように、茂の心に入り切って、本当に三人共良くやってくれて、心から感謝し、感謝の気持ちで何かお礼をと言い出しても、「仕事ですから気を遣わないで下さい。会社から叱られます」と言って、何一つ受け取ってくれなかった。

私も色んな人生をこの六十年間歩いてきて、多くの若い人達と接したり見たりしてきたけれど、これほどしっかりして素直で、心優しい人達はめずらしかった。私は自分の弟だから出来るのかも知れないが、この若さで入れ歯を洗ったり、おむつを交換したり、中々出来るものではない。本当にありがとう、いつまでも茂が生きてるかぎり手伝って下さる事を願い祈ります、と心の中で祈った。

退院してからリハビリもがんばり、日々顔色も良くなり、時々原因不明の微熱が何日か続く事があるけれど大事に至らず、男性三人のヘルパーさんのお陰で、じゅうぶん安心して、夜の仕事が出来た。

介護疲れからうつ病、自殺未遂へ

六十なんて、親の年だと思って生きて来たのに、私も今年は還暦、介護保険を茂が受けられるまで気が張っていて、何事も一人でがんばって来た。けれど、介護保険が茂に適用されるようになり、ヘルパーさん達が良くして下さり、何かあれば、永島さんと長さんが相談に乗って下さり、精神的、肉体的にも、半分は楽になった。

以前、ケアマネージャーの永島さんに言われた事を思い出した。

「お姉さん、少し仕事が減り気持ちが楽になると思いますが、気を緩めないで下さい。倒れては皆が困りますから」と。

やはり気が緩んだのか、長い間、四年と六か月、一人で何もかもやってきて、平成十五年九月、意識をなくし倒れた。息子に背負われ救急センターに連れてゆかれ、うつ病とメニエル症候群と、精神的、肉体的疲労という事ですぐさま入院。でも、茂を家においておいて入院するわけにはいかず、一日入院でと先生に無理を言って退院させて頂いた。

退院してから、少しでも動くと二、三日は布団からも起き上がる事も何も出来ない。それでも茂の事は、ヘルパーさんが来ない時間は、私が見てやらなければならない。息子が家にいる時は手伝ってもらって、茂の部屋まで抱きかかえられるようにして連れて行ってもらい、おむつがえと、目薬を四種類さし、寝返りさせたりと、こまかい事が多々ある。

又、正月が越せた。何よりも茂が正月を迎えられたのが嬉しく、娘も正月休みで帰って来てくれた。久々に家族四人そろっての正月を迎えられたと安心したのが悪かった。夕方、家の前にゴミ出しに出たとたん小さな石につまずき左足を痛めた。足首が腫れ上がり、病院に行ったところ、左足の小指の根元を骨折していた。

それから歩ける様になるまで床の中での生活が多くなり、茂の食事やおむつ替え、薬を飲ませに茂の部屋へ行くのは、四つん這いで行っていた。

その事があって、又、永島さんが計画表を書き直し、障害者の方のヘルパーさんがお願い出来るからと長さんがすぐに市役所で、私のケガが良くなるまで朝、何日か手伝ってもらえるように、手続きをして下さった。

足利には親戚が誰もいない。一番下の弟と妹は行方不明で、誰もたよる人もない。

娘と息子は働いて生活費を入れて手伝ってくれている。私が働いた分は、全部弟の為に使い、足りない時もある。

茂の事では、永島さん、長さん、ヘルパーさんの三人と障害者専用のヘルパーさんが茂を守って下さるので、それが何よりも一番安心だった。

近所の人達は相変わらず、娘をいじめ、家には嫌がらせをやめない。私も娘も耐えたが、そんな時とんでもない事が起きた。娘は私がやっと歩けるようになると、足利はいやだと言って栃木市へ帰っていっていた。私も余り長く仕事を休んでいると茂の雑費や食事代が苦しくなるし、娘の結婚資金として二百万円定期にしたお金も、茂の何度もの入退院、目の手術、私の治療費に使い、もう一銭も残っていない。私は又夜仕事に出かけた。何時間過ぎただろうか。息子から店に電話があり、友人と弟を見ながらゲーム遊びをしていたら、隣のAの主人と長男が二階の窓から入って来て、息子と友人に暴力をふるって二人とも血だらけだと言う。幸い茂は息子が守ったので大丈夫だったとも。私はすぐにマスターに話をして帰してもらった。

何と二階の茂の部屋と続きの六帖の間は、物が散乱し血があっちこっちに散っていた。

私はすぐに茂にケガはないか確めた。幸いにも何のケガもなかった事に安心し、息子と友人を見た。友人は顔ははれ上がり鼻血が出て、タオルをあてていて、うでをねじ上げられたから手が痛いと言っていた。息子は顔から首にかけてキズだらけ。

　事情を聞くと、ゲームをしながら大きな声で笑っていたら、いきなり入ってきて、親子で暴力をふるったと言う。二人共手も出さず、なされるがままだった。二人共座ったまましばらくは動けずにいた。すぐに警察にTELしようと言うと、息子が、「お母さん、隣の人だし、これからも同じ組合で付き合っていかなければならないから、警察は呼ばないで」と言うので、まずその時は息子の意見を優先した。とにかく二人の手当をして、翌日に二人を病院へ連れて行こうと思い、「明日病院へ一緒に行こう」と言うと、友人は「僕は親と行きますから」と帰っていった。

　翌日、ヘルパーさんが帰ると、すぐに病院へ息子を連れていった。全治十日間と診断され、診断書を書いて頂き、それを持って帰る足で警察に話をしにいった。警察では、「お隣さんだし、長年お付き合いをして来た人達でしょ、話し合いをしないで刑罰を望みますか」と言われた。私達親子は、娘と相談して又うかがいますと返事して帰る事にした。夕方診断書を持って、A宅に行き、おばあさんと話をした。息子さんとお孫さんは留守だった。おばあさんは、もともと気の強い人で、何十年も生命保険のセールスをしていた中々口達者な人で、「警察に届けるなら届け出て良いよ」と開き直られた。話にならないので、家に帰って三人で話し合い、孫の男の子は将来があるし、前科者になると、職場で先々問題になりかわいそうだと意見がまとまり、私達が泣き寝入りする事になった。近所のいじめが刑法に触れそうになるほど頂点に達した。

仕事と介護で、私の身体が日増しに弱ってきた。ある日、私がはだしで家の前をよろよろと歩いていたと言う。たまたま近所の小野さんのご主人が見ていて話しかけ、何か様子がおかしいので、私の身体をささえながら、近所の個人病院に連れて行ってくれた。そこで診断されたのが、うつ病だった。点滴をして、又連れて帰ってくれ、息子が仕事から帰ってくるまで、ずっと付いていてくれた。そしてその夜娘も息子からの電話で帰って来てくれた。だがその夜中、弟に睡眠薬を飲ませ私も飲み、共に自殺を計った。

「茂チャンごめんね、姉チャン、身体が弱くてもう茂ちゃんの面倒が見られないから、これ以上廻りの人達に迷惑をかけられないから、二人で死のう、ごめんね」と言うと意味が分かったのか、弟は目にいっぱい泪をためてじっと私を見つめていた。倒れた物音で娘が起きてきて、すぐに息子を起こし病院へ私を連れて行き、弟は娘が救急車を呼んで総合病院へと。弟は私の半分くらいだったので半日で目がさめた。私は、丸一日眠り続けた。発見が早かったので二人共助かり、大事には至らなかった。

小野さん夫婦もすぐにかけ付けて下さり、奥さんは、みそ汁やおかずを作ってきて下さった。小野さんからは「松永さん、自分だけ死ぬのはいいけれど弟さんまで道連れにするのは、殺人になるんだよ。だからと言って死を選んでも良いとはいえない。残された娘さんと息子さんは、殺人者の子供として生きていかなければいけないんだよ」と涙を流しながら、話しかけてくれた。それからは、小野さんと奥さんが交代で毎日見舞いに来てくれた。

四日ほどで元気を取りもどした。それから五日目の朝、茂の介護が終わり、ヘルパーさんが帰って、九時少し廻り、娘も息子も仕事でいなかった。

その日は丁度、母の命日の二月二十八日、一番強い睡眠薬をワインで飲んだ。どれほど時が過ぎたか、眠りに就いてる私は分からない。私は父と母に逢っていた。それは美しい光景で、まわりは真っ青な大空、下を見ればこの世では見た事のない美しい花畑、その上を私はとてもとても気持ち良く飛んでいた。空の向こうでは、父と母が上半身の姿でじっと私をにらみつけていた。「お父さん、お母さん、来たよ。逢いたくて飛んできたよ」と一生懸命に手をふっても、二人はじっとにらんだまま何も言わない。一生懸命飛んでるのに、私と両親の距離は縮まらず、ふたたび大きな声で、

「お父さん、お母さん、返事して。お父さん、お母さん」と大きな声で呼んでいた。

　その自分の声で目がさめたと思っていた。するといきなり耳元で声がした。「お母さん気が付いた、大丈夫？」と、その声は娘が私を呼んでいる声だった。私は聞いた。「今何時、今日は何日」、娘は「今、午後三時十五分で今日は節句の日だよ。三月三日よ」と言った。私は目がさめた。三日間、生死をさまよっていたのだ。娘は何も言わず、私が目をさました事に泪をうかべて、何も言葉がなかったのか、だまったまま私の手をしっかりとにぎったままだった。そこに友人が節句の和菓子を持って見舞いに来て、娘と共に喜び合い話をしていたのをかすかに聞きながら、又眠りに入った。

　結局は、はっきりと正気にもどったのが五日目で、娘が五日間仕事を休み、私に付きそって、息子がヘルパーさんと、弟を介護してくれていたと言う。うつ病がそれほど進んでいたのか、私自身はその時、何も分かっていなかった。

　娘は私の為、足利にある会社へと転勤させて頂き、自宅から通うようになった。それから私は娘や息子を始め、小野さん夫婦、そして友人、ヘルパーさん達に支えられながら、床に付く日が続いた。雨戸も開けず部屋を真っ暗にし、布団をしきっぱなしで寝てばかり、食事もせず、弟の事を見に行く事もなかった。ヘルパーさんと息子に、食事はこうして、何と何を食べさせてと頼み、買い物は娘が仕事帰りにして来てくれるので、起きる事なく床の中から話をするだけだった。ヘルパーさんもドアの向こうから声をかけ、あいさつをする日々が続いた。暗い部屋の中で、テレビのスイッチを入れる事なく雨戸も開けず電気も付けず、ただひたすら床の中で、起きるのはトイレだけ。茂に話しかけたか、娘と会話したのか余り記憶にない。ただ日々息子に「お母さん、いつまで皆に甘えているんだよ。茂さんはどうする、東京の息子と娘に迎えに来るように言う？」と何回もくり返し言われていたのでおぼえている。

何か月そんな生活が続いたのか、食事もほとんどしてないので、ますますやせ細って来た。小野さんが見えると電気を付ける。私はまぶしくて、布団の中に顔をうずめて返事だけをした。「松永さん、入院して、茂さんをショートに預けるかい、それとも、がんばって起きて雨戸を開け、明るい部屋にして食事をしてみるかい」と、いつもやさしい御夫婦で、息子が仕事に行っている時、昼食は奥さんが時々作って持ってきてくれた。娘もなるだけ昼食は家へ帰って来て家で食べるようにして、私に少しでも食べさせようと努力をしてくれたが、無理して食べるとすぐに吐き出し苦しんだ。

皆のおかげで少しずつうつ病が回復に向かい、三日に一度点滴をしていた病院通いも週一になり、やがて二週に一回になった。そして半年ほどで又、仕事にも行けるようになり、茂の介護も出来るようになった。息子と娘が交代で会社を休んだり早引きをしたりして、私の介護をしてくれた。特に友人にも小野さん夫婦にも申し訳ない思いで、皆さんにおわびとお礼をし、二度と自殺はしないと小野さんと強く約束をした。ヘルパーさん達にも大変面倒を見て頂き、少しでも多く食べる事にも努力した。娘も息子もそれからは一時たりとも私を一人にしないようにし、仕事場ではマスターにお願いしていた様で、つねにマスターが、私が変わった行動をしないか気を遣っていてくれたと言う。私は病院へは週に一度通っていた。

新しい環境への引っ越し

それから一年ほど月日が過ぎた頃、県の住宅公社の方から、身体障害者用の部屋が空きましたのでお入りになりますかと電話があった。茂は現在私の家の北側で一番広い十四帖ほどある部屋にいるけれど、窓が少なく日当たりが悪く風通しが良くない。すぐには返事せず、娘と息子に相談してからお答えしますと答えた。

娘は何も言わず、その部屋を私と一緒に見に行ってくれた。部屋は六帖が二間と台所が六帖、おフロは一間、トイレも一間、脱衣所も一間と広くとっていて、二人で入るには充分だ。建物も二年前に出来た真新しい八階建てで、スロープも出来ていて、廻りも静かで空気がおいしく、日当たりは抜群だった。私の家は、一階が、弟の居る部屋が十四帖の板の間、私の部屋が約十帖、台所が六帖、風呂と脱衣所が一間ずつ、そして、二階が六帖二間に七・五帖の板の間とベランダでゆったりとしている。

けれども、風呂は弟の部屋からは階段を三段上らなくてはならないし、風呂は深いので、私も一緒に入らなくてはならない。その上おぼれないように、足先にタオルを巻き弟の前に立ち、おしりの下に私のタオルを巻いた足を入れて、ずれないようにひざから下で身体をささえて身体を洗ったりするので、中々の苦労だ。そんな弟を考えれば、この団地の部屋はせまいけれど全体的によく出来ていて便利、とくに湯船は浅く広く足をなげ出して入れるので、茂をねかせて入れられるのがとても気に入り、私はぜひ二人で入りたいと言ったが、息子と小野さんは反対した。家から団地は遠く二キロ以上もあり、小野さんは車に乗れないので、今までのように行ってあげられないと言う。息子は、私と弟と二人になって、又私が具合が悪くなったら誰が見るの、倒れたら誰が見つけてくれるの、それが心配という理由で引っ越す事を反対した。私は悩み、三か月間考え悩み、熊本の母の三番目の妹（叔母さん）に電話で相談した。母の兄弟九人の中でも子供の頃から一番よく面倒を見てくれて、かわいがってくれた人だった。叔母さんは「環境が変われば気分も変わるかも知れないから、引っ越してみなさい」と言ってくれた。その言葉を信じて、平成十七年五月十二日、茂と私だけ引っ越す事になった。私の決心を聞いて、娘も息子も何も言わず、手伝ってくれた。

　部屋はとても明るく、日当たりも良く、弟も窓から外が見えた。午後になると団地の子供達が学校から帰ってきて野球やサッカーなどをして遊んでる声を聞いて、時々、自分の子供の事を思い出しているのか目をつむって、頭を上下にふって、声を聞いてるようだった。車椅子でベランダに出た時は、終始ニコニコと笑っていつまでも家の中に入ろうとしない。よほど気に入ったのか、久々にこんなにもすがすがしい笑顔を見た。私も嬉しかった。そして何よりも良かったのは組合の人達にいじわるをされない事で、毎日気持ち良く近所を気にしないで生活出来るのが嬉しかった。又茂を風呂に入れてやるのも、背負わず車椅子で湯船のそばまで押して行き、ヘルパーさん達二人で入れてくれるので、私は側で見ていて、ヘルパーさん達が分からない時にこれはこうしてとお願いをするだけで、身体は大変楽をさせて頂いた。引越して、昼間はヘルパーさん達と話をしながら茂の介護をし、夜は相変わらず仕事をしていたが、半年とたたないうちに、トイレで倒れた。

トイレに行きドアを開けたところまで覚えているけれど、その後は覚えていない。夕方、息子が仕事から帰ってすぐに、私の所へ来てみると、トイレの中で私が倒れていたと言う。近くの個人病院へ連れて行き、診察している間に娘に電話をし、私の勤め先のマスターにも連絡をした。点滴が終わって家に帰ると、娘とマスター、ケアマネージャーさん達が集まって、私の事と茂の事を相談していたと言う。引っ越しで忙しかったのと、いじめから解放され、静かで日当たりの良い部屋で嬉しそうな弟の笑顔を見られて、ホッとして気が緩んだのか、又もや倒れてしまった。

とりあえず、元気になるまで、ショートで弟を預かって頂く事になった。夕方、息子が仕事が終わると、私が床に入るまで見ていてくれ、娘が仕事が休みの時は一日ほとんど私の所で私の介護をすると言う日々が一か月ほど続き、大分元気になった。けれど又もや食事を受けつけなくなり、少しでも物を入れると吐き出してしまう。うすい味の飲み物を取り、果物だけを食べて、週に一度、私の気分が良い日に、ショートに茂の様子を見に行っていた。ショートでは皆さん、すみずみまで気を遣って介護をして下さっていた。本当に有り難い事だった。

その日を境に私は週に三日、一日おきに仕事をし、四日間は、自分の通院と休養に当てることにした。ここへ引っ越して来て病院は少し遠くなったが、送迎車が出ており、朝のうちに電話しておくと団地の前まで迎えに来てくれるので、週に二回点滴をしに通った。弟は週に三泊四日でショートに行き、その時に風呂も入れて頂くようにした。私の身体は、もうズタズタだった。うつ病が発生して今日まで、約二年近く自分で食事を作った事がない。ほとんど息子が作ってくれるか、後は娘が冷凍食品を買っておいてくれるかだった。果物はより多めに買っておいてくれるので、ほとんど果物ばかり食べていた。夕食を少しと帰る際に息子が朝食を作ってくれて、食べる時に温めるだけにして帰るので、食事は朝と夜の二回だけだった。その為、体重はまた減り四五キロになった。

娘が仕事の休みの時はほとんどと言って良いほど外に連れ出して、私に何が食べたいかと聞いてくれた。又私が草花が好きなので、花見や日帰りのアヤメ祭りなど下調べして連れて行ってくれる。娘ざかりで友人とも遊びたい年頃なのに、私にふり廻されて、本当にすまない。いつになったら、皆に迷惑を掛けないようになれるのか。本当に申し訳ない。

私はしばらくの間仕事を休む事にした。息子と娘が安心して仕事が出来ないといけないし、少しでも気持ち的に負担をかけないためにも。そして茂の方は、今までどおり三泊四日でショートで預って頂き、三日間は一人でゆっくりと散歩したり、息子と食品を買いに行ったり、友人がドライブにさそって下さったりと、又皆で私を気遣ってくれた。お陰様で大分良くなり、週に二日ほど人手が足りない時、雀荘で夜、仕事をさせて頂く事にした。

私のうつ病入院と子供達の支え

それも長くは続かなかった。一年も経たぬ日、茂をショートへ送り出した後、近くの川べりに散歩に出掛けた。そこは自宅から三、四百メートルしか離れておらず、打ちっぱなしのゴルフ場があり、その横に矢場川という小さな川がある。その川のフチを近所の人達が毎日散歩をしているので、私もこれから少し歩いてみようとケータイと部屋のカギだけ持って出かけた。どれくらい過ぎたか知らないけれど、私はそれっきり時計は止まったのか、五月に入って自分では日時も未だに分からない。娘の話によると、土手を、行き交う人達とあいさつをしながら一人で歩いていて、いきなり倒れて、ころころと転げて川の中に落ちたと言う。

見ていた女性の方がすぐゴルフ場にかけてゆき、男性の方二人ともどってきて、川のすみまで三人がかりで引っぱり、うつぶせに浮かんでいた私を男性二人があおむけにし、女性の方が一一九番に電話して救急車が来るのを待っていた。消防署は川から一キロと離れておらず、五、六分で来たらしい。私の身許が分からなかったが、運良く携帯電話が、土手の上に落ちていたので、消防士さんが何件かかけて娘にたどりつき、娘が息子にすぐ電話を入れ、二人で病院へ来たと言う。その日は日曜日だった為、レントゲンだけ撮り、切り傷なし、頭と顔を打撲、両肩、両足、首のネンザという事で、又明日、専門の科へ出直して来るようにと言われた。

　翌日、病院で色々と検査をし、娘に今までの話も聞き、「一度精神病院で見て頂き、そこで、両肩、両足首の手当もしてもらってはいかがですか」と言われたので、その帰り道、前沢精神病院へ寄った。

　診察の結果、「うつ病がかなりひどいので、家へ帰っても又自殺をやりかねませんから、このまま入院して下さい」と言われ、部屋へと案内された。看護師さんが廊下を曲がるたび、何回もカギで開け閉めする。部屋のドアもカギで開けて入り、そこは六帖ほどの一人部屋だった。廻りは真っ白いカベで、一か所半窓があるが、そこは開かなくなって居り、窓の外わくには鉄格子がしてあり、娘も息子も刑務所みたいだねと顔を見合わせて、かわいそうにお母さんと思ったそうだ。すぐ私は薬を飲まされ、眠ったので、娘は息子を残して一旦私の家に帰り、入院の用意をしてふたたび病院へ。又何度も廊下を曲がるたびにカギを開け閉めし、部屋に出入りするにもカギがかけてあり、看護師さんの案内なしでは部屋には入れない。普通の病院とちがって異様な気配がしたと言う。娘は、そんな部屋で眠っている姿を見て泣いていたと言う。私が入院した事を聞いて叔母さんが見舞いに来てくれたけれど、眠っていたので、娘と話をしただけで帰っていかれたそうだ。友人も来てくれたけれど同じだった。そして、店のマスターも見舞いに来てくれて、頭には大きなこぶが出来、顔は左半分青アザで、歩く事も出来ずに、ベッドの上に座っていた私の姿を見ておどろいたと言う。話をしてもマスターの事はもちろん、先月来てくれた叔母さんや友人の事もぜんぜん分かっていなかった。マスターはこんな私の姿を見て泪をいっぱいためながら「一日も早く元気にして上げて、早く家へ連れて帰って面倒を見てやった方が良いよ」と娘と息子に言ったといい、「僕にも手伝う事があったら言ってくれ」と言って、しばらくして帰っていったという。二十日間ほど入院していたが、両肩両足が脱臼していて、頭や顔にも大きなこぶやあざが出来ていたので、この病院では手当が出来なかった。そこで、整形外科で診てもらう為に、日赤の精神科へと移され、十五日間入院した後退院出来た。

退院してから毎日、朝、茂にヘルパーさんの食事介護が終わると同時に、娘と息子が私達の所へ来て夕方七時過ぎに私に食事をさせて自宅へ帰る事になった。

私が入院している間に娘と息子とマスターで話し合って、私には店を辞めさせて、息子は会社を退社し、私と茂を見る事に決めたようだった。息子の生活の面倒は娘が見る事に話がまとまって、茂が通院する時はヘルパーさんと息子が両毛クリニックまで介護タクシーで通い、週三泊四日のショートの時は、息子は午前七時から八時頃私達の家へ来て、朝食、昼食、夕食と三食作って私に食べさせ、後片付けをし、夜私が床に入るのを見届けて玄関のカギをしめて帰るという日々が一年近く続いた。両毛クリニックには私が行かないので、先生始め看護師さん達が心配して下さり、ヘルパーさんや息子に「お母さんのお身体を大切に、がんばって下さい」と、励ましの言葉を頂いたと言う。両毛クリニックの人達はとても良い人達で、よく茂の診察看護をして下さるので大変助かっている。

精神病院を退院して四か月、日々元気になり、ある日、ヘルパーさんが茂に昼食を食べさせている時、何げなく冷蔵庫を開け、ある物でみそ汁を作った。そしてヘルパーさんに味見をして頂いた。「お姉さん、美味しいですよ」と言って下さった。二年少々、食事も何も息子や娘達にしてもらって、甘えて過ごしてきた。やっとみそ汁が作れて自分で飲んで、こんなにもみそ汁がおいしかったとは今まで思わなかった。みそ汁をおいしく作るのは母親の当たり前の事だと思って作って食べて来ていたのに、今日のように泪を流すほどおいしく嬉しく思った事が今までにあっただろうか。今日から自分で食事の仕度が出来る。茂の介護も又出来る。良かった、うつ病が治った。自分でそう思ったがそれは自分だけの思い込みだった。

精神病院を退院して七か月ほどして、息子が私の床に入るのを見て家にたどり着いて玄関に入った時電話がなり、出るとマスターが、「すぐお母さんの所へ行け。お母さんが団地の八階から飛び降りようとしている。僕も後から行くから」と言って切ったと言う。

息子がかけつけると、手すりにつかまって上ろうとしている所を八階の人が引きずりおろそうとして、息子の来るのを待っていた。そこへマスターと息子がエレベーターを降りて来て、二人して私をかかえて部屋に連れて帰り、ベッドに寝かせたそうだ。私は何も覚えていなかった。

朝、目が覚めると居間に息子が横になっていた。たしか夕方七時頃、私が床の中に入るとドアの鍵を掛けて帰ったはずなのに。私が部屋に入るなり息子はいきなり怒った。

「お母さん何やってんだよ、又自殺なんか考えて！　近所の人達に迷惑かけて恥ずかしくないの」私はただぼうぜんと立ったまま、息子の言葉を聞いてるだけだった。

「お母さん、薬を飲んで寝たでしょう。なのに、今朝起きたら、足が痛くて、あざがあっちこっちに付いてて、おかしいなぁ、昨日はなかったのにと色々考えても不思議だなぁと思っていたんだよ。そんな事があったの。ぜんぜん自分では記憶にないのよ、ごめんね」と謝ったが、息子は気持ちがおさまらないようだった。

ヘルパーさんが八時に茂の朝食の介護に来て下さり、何もなかったように、色々と話をしながら世話をして頂いた。朝は愛光園の堀口さんで、今まで一番長く来て下さっている。身体障害者専門のヘルパーさんで一番茂に対して理解があり、安心して何もかも任せられる一人だった。この方も長さんの紹介だった。長さんや永島さんが紹介して下さるヘルパーさんは皆、何事にも優れていて、何も言う事がなく、安心して弟をお任せ出来る。

娘が仕事の休み時間に、息子が電話していたのだろう。私と息子の分と自分の分の昼食を買って来た。ヘルパーさんが帰ってすぐに食べる用意をし、色々とこまかいところまで、私に気を遣ってくれていた。昨夜の出来事については一言もふれず、息子も何も言わず、ただ黙々と食べていた。娘は食事が済むと後片付けをして、「お母さん、今日は早目に帰って来るからネ」とだけ言って仕事に出掛けて行った。

その日を境に私は部屋から、廊下と、色んな物を投げたり、新聞紙や雑誌を散らかしたりし始め、足の踏み場の無いほど散らかすようになった。息子と娘は怒る事をしないで「お母さんも手伝って。散らかってるとヘルパーさんに笑われるから」と優しく言いながら拾い集めて整理をしていた。

　その日の夕方、娘はケアマネージャーさんを呼んで、母が又うつ病が少し酷くなってる様だから、しばらく茂叔父さんをショートで預かって頂けないでしょうかとお願いして、とりあえず、三か月預かって頂く事になった。昼間は、息子が出来るだけ朝早くから来て私から目を離さないようにし、夕方五時に娘が仕事を終え、買物をして帰って来て三人で食事をし、息子だけ帰って行き、娘は泊まる日々が続いた。息子は男性にしてはとても料理が上手で、時々私が「タモツ、板前さんになった方が良いんじゃないの」とよく言ったものだ。娘は毎週毎週、私と草花を見たり買って帰ったり、私を食事に連れて出掛けたりした。又は近くの温泉にも連れてゆき、日帰りのバスツアーなどにも申し込んで、三か月の間、片時も私を一人にする事なく、息子と二人交代で見守り世話をしてくれた。

　お陰で日々食欲も出て来て、明るく笑う日もあり、もう部屋に色々とばら撒いて散らかす事も、死ぬ、死にたいなども言わなくなった。

　三か月半して弟が帰ってきた。弟は久しぶりに家へ帰ってきて、私の顔を見るなり、

「姉チャン、家は良いネ」とニコニコしながら、「テレビをつけて」と言った。本当に私は悪い姉だ。満足に弟一人の世話も出来ず、娘や廻りの人達に迷惑を掛けっぱなしで。私は、茂の為にもがんばらなくてはと思った。

私も六十三歳、年金がもらえる為、娘と二人して手続きに行き、娘時代、会社に勤めていたので、社会保険を二十四歳まで収め、その後国民年金なので、少しは多くもらえる。弟と二人で生活は何とか地道にやって行ける。息子は自宅へ帰り又会社に行くようになり、娘も自分のアパートに帰り足利の会社まで通うようになった。

施設での虐待

私が少しずつ元気を取りもどしている時、茂がショートで右手と右足をケガさせられてきた。ヘルパーさんに言われて初めて気が付いた。虐待だとすぐに分かった。私はすぐにヘルパーさん立会いのもと写真を撮った。そしてショートに電話をした。夕方ケアマネージャーさんが来て、キズ跡を見て、ショートの責任者さんに話をして下さったようで、翌日、ショートで逢う事になった。茂の朝食が終わってすぐにショートに行くと、そこにはケアマネージャーさんも居て、三人で話し合いをした。責任者の方は、これからもっと注意を払い、「本人をさがして謝らせて、二度としないように注意致しますから、どうもすみませんでした」と頭を下げて下さったが、私は断った。本人を見つけ注意されれば、余計見えない部分で、又虐待を続けるだろう。

私はこの八年間、色々なヘルパーさんを見て来た。ショートでも我が家へ来てくれた人は、五、六十人いる。茂の様な重病人は普通のヘルパーや、資格取りたての人には無理で、よほど経験を積んだ人でないと出来ない。若いヘルパーでおむつ替えも満足に出来ず、食事も早く食べさせて時間内に帰りたいと、態度に出ている人も多々あった。何人かの人達には、余りひどいやり方に私が「こうすれば尿や便が流れ出ないし、食事もむせたり、のどにつまらせる事なく早く終わるわよ」と手本を示した事も数知れない。素直に聞いてくれるヘルパーさんは、二、三回教えて上げると、それからは便ももれないし、食事もむせる事なく、話をしながら楽しく早く終わる事が出来る。堀口さんや中島さん、浅子さん、萩原君、鈴木君などはほぼ完璧と言って良いほど。又余裕もあり私の事を心配して下さり、茂の事に関して私がやらなければならない事まで手伝って下さる。

虐待のあったそのショートは止めて、ケアマネージャーさんに新しいショートを紹介して頂いた。そこは料金が高く、逢いに行っても逢わせてもらえず、逢えた日に部屋に行くと、ベッドに寝かされている姿を見てビックリした。何とベッドの一番下まで下がっていて、両足がアグラをかいた様に曲がったまま寝かされていた。又通院の時、二月の寒い日にバスで通うと分かっていても、部屋から廊下を車椅子で通り、駐車場までパジャマ一枚だった。健康な人でさえ寒いのに、又、ここにも風防の付いた長めのコートや、毛布の膝掛を持って来てあるのに、なぜこんなにも雑な介護なのか。

料金は外のショートに比べ四倍も高い。それでも弟を見て頂ければと預けたのに、期待外れで二か月半ほどで止めた。少しは悪いと思ったのか、「残りの日の料金はけっこうです」と電話で言ってきた。

その次は、親子、兄妹で経営している足利では名のある病院で、そこが経営しているショートに一週間預かって頂いた。一週間目で帰って来たら、又ヘルパーさんがおむつを替えてる時、「お姉さん、茂さんの足の変な所にキズが二か所ありますけれど、茂さん右手が使えないから、自分では出来ませんよネ、チョット見て頂けますか」と言うので、見てみると、左足の薬指と中指の皮がむけて取れそうなのと、ふくらはぎの所に五〜七センチ爪でひっかいたような傷がある。おかしい、茂は右手は脳梗塞を四回起こしてぜんぜん自分では動かせないし、又左手でも動けないんだから自分でやるはずがない。

私はすぐにショートステーションに電話を入れた。すると三十分もしない内に、ヘルパーさんが弟に食事をさせている時に来た。丁度良かった、見つけた人がいて証人になってくれるから。ヘルパーの責任者と茂を担当したヘルパーさんと二人で来た。私はきびしく言った。「なぜこんな事したの。見えない指と指の間こんなにも、どれほど痛かったか。それに引っかき傷、貴女、爪を見せてくれますか」と言うと、そのヘルパーは、下を向いたまま、だまって何も言わず手も見せなかった。となりに座っていた責任者が、「すみません、私の目が行き届かず、弟さんに傷を負わせて申し訳ありません。良く注意し、指導をやり直し、これから落ち度のない様に致しますので、お許し頂けませんでしょうか」と二人して頭を下げた。私も世話をして頂いている身、余りゴネても仕方ないと、又見れば二十少し過ぎたばかりの若い女性、経験も浅いのだろう。茂の事はこのヘルパーには無理かも知れないと感じたので、「一時は警察に届け出ようと思ったんですよネ。わずか二週間しかお願いしていないのに、傷を付けられ手当てもせず、平気な顔で帰されて」と私が少し怒って言うと、又二人して頭を下げて、「申し訳ありません、本当に何と言って良いか返す言葉もありません。すみませんでした」と何度も頭を下げて謝った。「もういいです。今回だけは目をつむりましょう、それで、今回限りでお宅のショートは辞めさせて頂きます。貴女も責任者だったら、目くばり、気くばりをもっと勉強して、りっぱな責任者になって下さい。二週間ありがとうございました」とお礼を言って帰ってもらった。そして、又三軒目のショートを紹介して頂いた。M荘と言って私達の自宅から少し遠かった。そこはもう最初から何となく危なっかしかったが、それでも私の身体を心配して、ケアマネージャーさんや子供達が、週に二、三回とお風呂はまだお願いした方が良いと言うので預ける事にした。第一にヘルパーさんが他人の話をよく聞かない。そして、聞いてるのか聞いてないのか、うわのそらだ。又仕事もいいかげんで、私はいやな予感がし、預けて帰る途中、連れて帰ろうかとも思った。私の勘は当たっていた。

ある日、連絡もせずにショートに行って見ると、ベッドの頭の方が六十五度ほど上がっていて、身体は下まで落ちていて、痛む足の上におしりと言うか身体全体が乗っかっていた。

私と息子はすぐにベッドを平らにして身体を上の方へ引っぱって寝かせ直し、足を真っすぐに伸ばしてやった。弟はつらそうな顔して、「足が痛かった。姉チャン、帰りたい」と言った。私はすぐに責任者の方に、明日、家へ帰して頂けませんかとお願いして、帰してもらった。

茂は家へ帰ると落ち着くのか、とてもすがすがしい湯上がりみたいな顔をして、笑顔を見せてくれる。二、三日家で、通いのいつものヘルパーさんに来て頂いていた。が風呂だけは、やはりショートでないと入れられないので、又、お願いしたのがいけなかった。

お昼頃、両毛クリニックより電話があり、「お姉さん、弟さんがショートのヘルパーさんと一緒に来まして、熱が七度六分あるからと言って、荷物と一緒において帰られました」と。

「エー」と、電話口で返す言葉もなく、あきれたと言うか余りにも無責任なショートだ。私はすぐに両毛クリニックに行った。先生は、風邪を引いた様なので大事を取って少し入院しますかと言われた。私も肺炎でも起こすと大変なので少しお願いしますと言って、茂に話をした。

「茂チャン、熱が少し出たから、熱が下がるまで少し入院しようね。姉チャンが又、昼夜と二回来るから」と言うと、弟はもうあきらめているのか、ショートよりここの方が安心なのか、素直に「ウン」とうなずいた。私はショートに持って行った荷物を探すと何とあきれた事か、ローカにほったらかし。

ひどいショート、腹立たしい思いをした。もうあそこもだめだ。やはり家で無理してでも私が見ようと思った。

家へ帰って息子に話をすると私が叱られた。

「お母さんが悪いんだよ、見学に行った時、ヘルパーが車椅子に乗ってたおじさんをいじめてたじゃないか。お母さんもかわいそうにと言って、見ただろう。叔父さんは寝返りも出来ないし、身体も大きいし大変だから、お母さんに連絡もなしに病院へ入れたのは、ほどよく追い出されたのと同じだよ」と言われた。なるほど、病院に連れて行く前に私の所へ連絡があっても良いはずだ。そうしてから私の返事で結論を出せば良いのに何の連絡もなく、又病院へ入院させても連絡もなく、荷物は病院の廊下に置きっぱなしとは、あきれて物が言えない。こんな事が私のところだけではなく、外にも一つや二つはあるはずで、経営者は知らないのか、それとも知らぬふりなのか。ヘルパーが少ない為、見て見ぬふりなのか。

もうどこにも預けない。退院したら、家に来て茂の事をよく看て下さるヘルパーさんにお願いして、私が何とか努力してみよう。それで「茂、一日も早く風邪を治して帰ろうね」と茂に話をすると「うん」と笑顔で答えてくれた。

弟の最期　〜肺炎〜

一か月近くして、病院から電話があった。話がありますから、夕方五時までに来て下さいとの事だった。病院へ行くと玄関の向かいにある応接間で、

「佐藤さんは肺炎を起こしております。これは風邪から来た肺炎ではなくて、食物や飲み物が肺に入った為に起きた肺炎ですので、もうお姉さんも覚悟して下さい。床ずれも出来ていますし、あと一か月が目途でしょう。申し訳ありません、病院にいても自宅へ帰られても同じだと思いますので、お姉さんはいかが致しますか」と言われた。

　私の腹は決まっていた。私の家で最期まで面倒を見る。私が何度も何度も倒れてばかりいて、満足に茂を見て上げられなかったから、私が悪いのだ。最期までしっかり私が見てあげなくてはと、先生に「はい分かりました。今日は息子も娘もいませんし、ベッドも用意していませんので、明日の朝迎えに参ります。それまで弟をよろしくお願いします」と言って帰ってきた。

あと一か月間どうしよう。こんなに早く死なせるなんて。初めて家へ来た時は、絶対に治してみせると意気込んでいたのに、私はこの十一年間何をしてきたのだろう。チョッとも茂に良い事をして上げられず、痛い目、苦しい目にばかり遭わせてごめんと、悔やんでも悔やみきれない。何とかがんばって、茂。もう一度元気になって。代われるものなら代わってあげたい。姉チャンはおまえより五つも年上だ。やりたい事も見たい事も何でもしてきた。茂はまだ沢山あるだろう。今死んだらきっと悔いが残る。がんばって生きて、悪い所は姉チャンに全部移して。姉チャンも余り丈夫な身体じゃないけれど、まだ茂チャンよりましだよ。代われないかな、代わってあげたい。家へ帰ってがんばろうね。きっとお母さん、お父さん、御本尊様が守ってくれるよ。と、独り言を言いながら我が家へ帰ってきて、息子と娘に電話し、明日病院に一緒に迎えに行ってほしいと話した。

翌日、先生から「佐藤さんの両足に床ズレが出来ていますので皮膚科で診て頂いて下さい。それから、これから先は近くの内科で診て頂いて下さい。今日でうちの病院は終わりにしましょう」と言われた。いよいよだめで家へ帰されるのかと、不安な心持ちで先生に、「長い間御世話になりました」と頭を下げ、お礼を言って、息子が運転して自宅に帰ってきた。

茂は嬉しそうだった。嬉しくてネコのコロを抱いて、ニコニコと頭をなで、私が動くたび後を目で追っていた。

翌日から又、今までのヘルパーさんが来て下さった。中島さんは今までの会社を辞められ、来られなくなったのが一番残念だった。茂が一番楽しみに待っていたヘルパーさんだった。代わりにニチイのヘルパーさんが来て下さる事になって、ニチイさんのヘルパーさんも良くやって下さった。浅子さんは、やはり会社が無くなって、別の会社へ行かれたので来られなくなり、荻原君は遠くへ行かれ、菊地君も会社を変わり、もう男の人達で頼りになる方々が居なくなり、心細い思いだったが、サニの社長さんがとても良い人で、細かい所まで気を遣って下さり、茂の事を大事に介護して下さった。ニチイの岩下さんも、茂の事はもちろん、私の事まで心配りして下さり、何かと手伝って下さった。

私も茂も良い人達に恵まれて、とても幸福だったと思う。

茂が両毛クリニックを退院して五日目の日曜日、朝ヘルパーさんが血圧を計って、何回計っても血圧が上がらないんですが、と言って来た。私がやり直しても、上も下も四〇少し上がってすぐに下がってしまう。

「きっとこれ、こわれているのよ、もう十年以上使っているから、又新しい物を買って来ますから」と言うと、「お姉さん、食事が終わってから帰りぎわにもう一度計ってみますから」と言って弟に食事をさせたが、弟はスプーンで一口食べるともういらないと言う。本人が食べないなら仕方がない、後で大好きなリンゴでもあげれば食べるでしょう、と言って食事はやめにした。目薬をさし、もう一度血圧を計ってみたが、やはり上がらない。時間が来たのでもういいですと言って、ヘルパーさんには帰ってもらった。

息子が夕方、会社が終わって来てくれた。私が血圧の事を話すと、「計り方が悪いんだよ」と言ったので、息子の前で計り直したが同じだった。息子も機械がこわれているかも知れないから新しい物と取り替えれば、と言ってテレビをつけて見始めた。茂も「姉チャンテレビ」と言うので、目の前にあるテレビを付けてあげ、「茂チャンおなかすかないの」と言うと「うん」とうなずいた。何も食べないで良いのか、もう少し経ったら、何かおやつでもあげよう。退院する時に床ずれが出来ていたのは、私がシーブリーズと馬油で毎日手当をし、きれいに床ずれは消えた。

顔色も良いし、肺炎を起こしていると言っていたが少しも苦しむ事もなく、ニコニコしてテレビを見ている。何となく不安になってきた。人は死を目前にすると、最後に良いところを見せてこの世を去ってゆくと言う。やはり、両毛クリニックの先生が言ったとおり、あと一か月もたないのかも知れない。尿は普通に出ているが、食欲が今日は朝からスプーン一口、ヨーグルト一個だけだ。薬を飲んで目薬をさして、普通にテレビを見ている。又夕食の時、血圧を計るのは、食事をさせるまで少し待ってみようと思って、私も夕食を取り、後片付けをし、茂の目薬を三回に分けてさした。

息子はしばらくテレビを見て、別に用がなければ帰るよと言って夕方八時過ぎに帰って行った。弟はいつもは私が食事をしていると、何を食べてるのかじっと見ていて、時には自分の好きな物が見えると手を出してほしがるのに、今日にかぎって見向きもせず無視し、ただテレビを見つめているだけだった。

翌日、朝、又ヘルパーさんが朝食やおむつ替えに来てくれた。そして又、血圧を計ってもエラーが出た。弟は静かに目を閉じたまま、頭を上へ下へと、うなずいているのか、何かを考えているのか、今の現状では理解出来ない。ウロガードの尿は色もいつもと変わらず、量も普通に出ている。なぜ、血圧が上がらず、食欲がないのか。昨日と今朝でほとんど食べず、薬と湯ざましの水だけで、昼も又食べない。ヘルパーさんがおむつを替えたが便は出ていない。夕方六時にヘルパーさんが来て、又血圧を計ったが上は〇で下が四〇と出た。二人して顔を見合わせて、「エー」と声を出して、私が「そんな、上が〇で下が四〇なんておかしいわね」と言って、もう一度私が計り直した。やはり上は〇、下も四〇以下で、私とヘルパーさんはびっくりして、「茂チャン、苦しくない」と聞いても弟は頭を横にふるだけだった。

私とヘルパーさんは話をして、救急車を呼んだ方が良いと言うわけで、すぐに一一九番に電話をして、ヘルパーさんには帰って頂いた。救急車は五、六分で来てくれた。一人の隊員の方が、昨日と今日の茂の様子を私から聞いて、血圧を自分達が持って来た物で計った。やはり血圧が計れない。

日赤病院へ着くと、もう医者も看護師さんも待っていて下さった。すぐに診察室に運ばれ私は外で待たされた。三十分ほど過ぎた頃だと思う、看護師さんに呼ばれ診察室に入ると、弟が診台に寝かされ、点滴をしていた。弟は私の顔を見るなり「姉チャン」と言ったきり目には涙をためていた。

もう弟は分かっていたのだろう。入院させられるのが。入院をいつもいつもきらって、入院すると、もうすぐに「いつ帰れる、早く帰ろう」とそればかり言っていたから、今度も又、今夜から入院させられる事が分かって、涙を浮かべて私の顔を見て何も言えず、つらかったのだろう。弟の目をじっと見つめながら、ただ「ごめんね」とだけ言った。

「弟さんは糖尿病性の肺炎を起こしています。すぐ入院して手当てをしないと命にかかわります」と医者から言われた。又してもこんな事になるとは、なぜなのか。風邪を引いたわけでもない、咳もしていない、寒いとも言った事もないのになぜ肺炎なのか。

医者の話によれば、食べた物や飲み物が胃の方へ行かず、肺の方へ入ってしまったので、それが原因で肺炎になったとの事だった。長い闘病生活をしている人によくある事だと言う。弟は糖尿病で、もう十年以上床の中での生活、合併症が片目失明、脳梗塞、膀胱と腎臓、エソ、肝臓、尿毒症と七つも出て、まして脳梗塞は四回も起こして、どうしてこんなにも糖尿病とは恐ろしい病気なのか、そして弟をこんなにも苦しめるのか。この世に神はいない。弟がこんなに糖尿病で苦しんでいる時、介護するどころか、妻のK子は遊び放題。又、パチンコ屋で知り合った男性と不倫をし、弟が邪魔になり、着の身着のままで家を追い出したそのK子は、最近、病院の中で病食を作っている所でパートをし、新しく男を作って相変わらずパチンコを楽しんでいると言う。口の上手な女ほど恐ろしい者はいない。未だに、二人の結婚を許した事が悔やまれてならない。

弟はそのまま病室へ運ばれて行った。私は一度家へ帰り、入院の用意をして又、病院へ来る事にした。

家に帰り、娘と息子やケアマネージャーにも電話を入れ、ヘルパーさんをお休みにして下さる様話をし、大きな袋やボストンバッグに着替えと紙おむつを入れ、持って病院へ行き、もう遅い時間だったので、そのままベッドの側において帰る事にした。面会は午後三時から七時までだが、佐藤さんは明日、お姉さんの来られる時間で良いですからと言われたので、出来るだけ早く来る事にした。

翌日病室に入り、ベッドに横たわっている弟の姿を見ておどろいた。自宅に居て、救急車に乗るまでは平穏ないつもと変わらぬ顔をしていたのに、一夜過ぎただけで、口元には酸素吸入器を当て、手には点滴をし、鼻には食糧用の管が入れてあり、何と変わりはてた姿だろう。私が顔を覗き込むようにして、「茂チャン、気分はどう」と聞いても、ジッと天井を見上げたまま反応がない。私は心が痛んだ。もう弟の笑顔は見られないのだろうか。やはり前の病院の先生が「あと一か月しかもたないでしょう」と言われたとおり、もう半月ほどしか生きられないのか。以前、「他人に預けると弟さんは何日も、もたないでしょう。お姉さんが見ているから生きられるのですよ」と言われたことがある。肺炎にかかっても、訪問診察をして頂いて自宅療養をさせて上げるべきだったのか、糖尿病はストレスが一番身体に良くないと聞いたことがある。入院するのを何よりも嫌っていたので、一夜にしてこんな姿に変わったのか、申し訳ない。身体をさすっていると相変わらず、骨と皮だけの手足の感じが心に痛いほどつき刺さり、涙がとめどなくあふれ出て止まらない。

息子が側で見ていて、「お母さん、もう帰ろう。お母さんの身体の方も悪くなるよ」と心配顔で、交換した洗濯物を手に持ち、入口の方へと歩き出した。私も布団をもとどおりにし、弟の顔をのぞき込む様にしながら声を掛けた。

「茂チャン、又明日来るネ、がんばって」と、それしか言えない。もっと居て、前の入院の様に、身体全体をシーブリーズで拭いて、馬油をぬりながら身体全体をマッサージして上げたい。どんなに気持ちが良いだろう。いつも「ここがかゆい、気持ち良いよ」と笑顔で答えてくれる事が、私も嬉しかったが、今はそれが出来ない。

私は自分がやっと立っているのが精いっぱいなのだ。一人では何も出来ない。そして息子が心配してくれているのが分かるから、本当に申し訳ない。若いのに、遊びざかりなのに、彼女もほしいだろうに、友人とも会って話もしたいだろうに、私と弟の為に娘も息子も犠牲になっている。この十年以上、二人には迷惑を掛け、弟の事ばかりで精いっぱいで、母親として子供達に何かしてあげるどころか、生活費まで入れてもらって本当に申し訳ない。

月日の経つのは早いもので、三十六歳で離婚して、当時息子が五歳、娘が十歳、そして弟が我が家へ来て十二年目、私も六十五歳、あっと言う間に十二年が過ぎていた。この十二年間、子供達二人は一言も愚痴も言わず、遊ぶ事と言えば、友人を我が家へ呼んで色々と家の中で出来る事をしただけだった。けれども、多い時は、五、六人も来て、楽しそうに大笑いをしながら何時間も、休みの日は過ごしていた。娘も会社が休みの日は私達の家に来て、弟の介護の手伝いや、洗濯や買い物など手伝ってくれた。そんな中、二人共いつも決まって「お母さん、茂叔父さんと共倒れにならないで」と言って心配してくれている。私も早く元気になって、茂をもう一度家で介護してあげたい。もう私と弟の為に子供達の青春を失わせたくない。親として申し訳ないから、一日も早く二人を自由にして、青春を謳歌させてあげたい。

早く元気にならなくてはと言っても、ゆっくりと自分の事で診察を受けられない。毎日弟の事で手がいっぱいだ。それにただの睡眠不足と疲労だと思っているので、弟が入院している間、ゆっくりと身体を休ませれば元気になると思っていた。

茂の病院には平均して三日に一度、私の身体の様子を息子が見て、連れて行ってもらった。少しでも身体をさすったり、シーブリーズで拭いて馬油をぬって上げるけれど、以前のように「姉チャン、ココがかゆい。気持ち良いよ」など言わなくなり、ただなすがまま、ベッドに横たわっているだけだった。病室に入っていっても、帰る時も、もう見向きもせず、というか出来ないのかも知れない。「姉チャン帰るからネ、又来るよ」と言っても、ジッと私の顔を見ているだけで、何とも答えてくれない。頭をなでてやり手をにぎって、後ろ髪を引かれる思いで病室を後にする日々が一か月と二十日過ぎた頃、病院から呼び出しの電話があり、担当の先生にお逢いした。

先生の話によれば、「もう手のほどこしようがありません。肺炎は風邪から来たものとはちがって、食事や飲み物が肺に入ってかかった誤嚥性肺炎でなかなか良くなりません」ほとんどの方が亡くなるそうだ。まして茂は尿が出なくなり、又もや尿毒症を起こしているので、この一週間が山でしょうと言われた。あと一週間。私は頭が真っ白になった。私が悪いのだ。自分の身体も満足に管理出来なくて、茂の介護もヘルパーさんや病院に頼り、以前の様に何もかも私一人で介護して上げられず、ストレスが溜まったのだろう。ごめんネ、許して。こんなにも苦しい目に合わせて。私が治して上げると言っていながら、あと一週間だなんて、茂に嘘をついたようで、ごめん。と、何度も何度も自分を責めた。

病室へ行って、茂に話しかけても聞こえているのか聞こえていないのか、返事は無く、目はつむったまま、手足はもちろん身体まで、以前尿毒症にかかった時と同じように丸々とふくれていた。涙がとめどなくあふれ出て懸命に身体や手足をさすったけれど、尿は出てこない。息子はじっと私を見つめていたが、側に来て「お母さん無理だよ、今さら。茂叔父さんは何も分からないんだよ、もう帰ろう。お母さんの方が倒れるよ」と私の事を心配して荷物を持った。

そうネ、帰ろう。「茂チャンごめんネ。がんばって、又来るからネ」とそれだけしか言葉が出てこない。一週間という先生の言葉とこの身体と顔を見たショックで、何も考える事さえ出来ない。車に乗っても涙は止まらない。家へ着いて横になってからも、何をどうして、何を考え何をしていいのかわからない。もうこの世の終わりのような、何もかも消えてしまうような、自分が自分でないような、言葉では言い表わせない悲しみと絶望と申し訳なさとで、ただ涙するばかりだった。息子が何か言ってるようだけど、はっきりと聞き取る事さえ出来ない。

食事もほとんど喉を通らずに二日が過ぎ、福井町に住んでいる母の従妹のおばさんに電話をすると、今日時間があるからすぐに病院へ連れて行ってと言う。久々に自分で車を運転しておばさんを迎えに行き、病院へと向かった。

病室へ入って、茂におばさんが来てくれた事を話しても何の反応もない。今度はおばさんが「茂、来たデー、分かるか」と頭をなでながら言ったが、何の反応もない。私とおばさんは、福島病院に入院していた時のように、身体全体をマッサージした。

おばさんは年だから立ってるのが大変と見えて、椅子に腰かけて足をさすってくれた。おばさんも涙を流していた。「久美子もう、茂を楽にしてやりイ。もう充分、面倒見てやっただろう。茂も長い間寝たきりで疲れたんやないか、もうエエヨ」と涙声で、足をさすりながら私に言った。私は返す言葉が見つからない。あの時は、かならず助けて家へ連れて帰ると、毎日毎日、何時間も時の過ぎるのも忘れてがんばって尿を出させた。なのに今回は、そんな言葉も力も湧いてこない。おばさんの話にただ、「ウンウン」とうなずくのが精一杯だった。

一時間ほど過ぎただろうか、おばさんも疲れた様子なので、茂に帰るネ、と言って送って行った。

私も少し疲れが出たので家へ着くとすぐ横になっているうちに、うつらうつらと眠ったのだろう、息子の声で目がさめた。息子は電気を付けて立っていた。窓の外を見るとうす暗くなっていた。

それから二日目、息子が病院へ行くなら連れて行くよ、と早目に家へ来た。茂の着替えを持って病室へ入ると、頭の後ろから血がにじみ出て、枕にフラットが巻いてあり、そのフラットに血がしみていた。

今日はコーヒーを買ってきた。茂が家にいる時かならず一日一杯は飲んでいた。何杯も飲みたがるので、アメリカンを又うすくして二回にわけて飲ませる時もあった。今日は、少し飲ませてみようと、「茂チャン、コーヒー買って来たよ、飲むかい」と言ってみたが返事がない。私は小さなスプーンに少し入れ、口元に持っていき、少し開いた唇の間に流し込むようにして入れてやった。飲んだ。「おいしい」と聞いても返事はない。でもこぼれてこないのできっと飲み込んだのだ。又スプーンに入れて三回ほど口に入れてやると、目をパッチリと開いた。

「茂チャン、おいしい？　気が付いた？」と私は喜んだが、弟は何も言わず、じっと私の顔を見つめているだけだった。四杯目を入れようと思ってスプーンを唇に持って行くと、茂は唇をキューと閉めた。「もういらないの」と聞いても反応はなく、ただじっと私の顔を見つめるだけだった。

　時間になり、帰る時も、茂はまだじっと私を見つめていた。何か言いたそうな顔だった。いつも大きな瞳で、五人兄弟で一番目が大きく、そして、父や母の良いところばかり独り占めしていて、一番の好い好男子だった。子供の頃、私は母に愚痴を言った事があった。なぜ私はお父さん似なのか、お母さんに似て美人に生まれたかったと。

　二度ほどふり返って見てみると、やはり弟はしっかりした目で、いつもとはちがう。

はっきりと意識がもどって、そんな目で私を見つめていた。息子が早くとせかせるので、後ろ髪を引かれる思いで病室を後にした。

今思えばあの時、弟は言葉が話せない為に目で私に何かを訴えたかったのではないだろうか。何を言いたかったのか、最後の言葉だったのか。「目は口ほどに物を言う」と言うではないか。すると明け方午前六時四十分少し廻った頃、電話が病院からかかって来た。

「弟さんが亡くなりましたので、病院へ来て下さい」と。なぜ亡くなる前に電話をくれなかったのか、死んでから電話をくれるのか。危篤状態になれば分かるはずだ。それとも看護師さんが知らぬ間に息を引き取り、後で気が付き、先生に知らせて死亡を確認して私達に連絡して来たのか。

私達が病室に着いたのが午前七時、もうその時は部屋にあった点滴も心電図も酸素吸入器も全部片付けられた後で、何かおかしかった。何か変だと思いながら、もうなすすべもなく何もかも終わった。茂はもう帰ってこない。何も言わず去ってしまった。やはり昨日の帰りぎわのあの目は、サヨナラと言っていたのか。入院して一度も私の顔を見た事もなく、目をつむっているか又はうつろな目付きで意識はなく、言葉をかけても返事もなく、身体をさすっても反応もなかったのに、あれだけはっきりとした目付きだったことは何年たっても忘れる事が出来ない。平成二十年三月九日、茂六十歳、余りにも早い死だった。

九州の親戚はもちろん、弟や妹にも連絡したが、弟と妹には連絡がつかなかった。もちろん、茂の二人の子供達にも連絡したが、子供達はお通夜にも葬式にも来てくれなかった。ほんの内々や知人、友人、その他の人達が来てくれた。淋しい通夜、葬式は小さく静かに行った。茂の死に顔は笑っている様だったと皆が言ってくれた。きっと苦しみから楽になれたのだろう。やっと病から解放されて安堵したのだろう。私も荼毘に付される直前、弟と最後の別れの時、ホホに手を当て「さようなら、ごめんネ」と言葉をかけたが、その時ほんの少し口を開いていて笑顔に見えた。ほんのりピンク色に染まって静かに眠っているようだった。

誰も居なくなった窯の前で一人いつまでも泣いていた。そこへ娘が来て「お母さん、お客様が待ってるよ」と言って背中を支える様にして待合室へ連れて行ってくれた。娘は私が斎場で倒れるのではないかと心配していたと言う。私は告別式に来て頂いた方々にお礼を述べ、食事を勧め、帰られる方にはお持ち帰り頂き、やっと我が家へ弟を連れて帰って来た。弟はお骨になってもとても重かった。自宅まで来て頂いた方々にも丁重にもてなさせて頂き、茂もきっと喜んでいた事だろう。

娘も息子も皆帰って、一人、祭壇の前に座りいつまでも泣き、涙が枯れるほど泣いた。ほとんど一睡もする事なく夜が明け、着替えて又茂の前に座り、線香を上げたが、もう何も語れない。ただ「ごめんね」としか言えない。守ってあげられなくて、家で最期を見てあげられず、病院で死なせてしまって「ごめんね」、最後に側に居てあげられなくて「ごめんね」としか、茂に掛けてあげられる言葉は見つからない。

茂の祭壇

私の肝硬変の悪化

　葬儀が終わって、あっと言う間に八月のお盆が来た。茂の新盆は、ごく親しい方と身内だけで、茂の八月十四日の六十歳の誕生日を一緒にした。息子は「死んだ人の誕生日はおかしいよ」と言ったけれど、私は大きなケーキを注文し、さぞかしおなかいっぱい食べたかっただろう甘い物を、私の自己満足で取りに行った。息子以外は誰も何も言わなかった。

　新盆が終わって、一人になると悲しみが込み上げてくる。毎日毎日泣き暮れ、あの日のパッチリとした目が忘れられない。半年過ぎても茂の物は何一つ手が付けられない。一つ一つに思いが残っていて、目に付いたり、さわったりすると、心が痛み又泣けて来る。

　九月の始め、気晴らしに夕方七時過ぎ、部屋のカギと携帯電話だけを持って散歩に出掛けた。そこまでは覚えているがその後どこをどう歩いたかは覚えていない。気が付いたのは翌日の朝、病院のベッドの上だった。息子と友人が迎えに来ていた。自宅へ帰ってもまだ意識がはっきりしない。昼過ぎ、息子が出前を取った。私もギョウザを三切れ食べて、又眠ったと言う。

午後、娘も来てくれた。娘が心配していた通りで、気が緩んだ時、母は倒れるだろうと思っていたと言う。初盆までは気が張っていて、その後、気が緩んだんだろうと、息子と友人に話したと言う。

それから一週間とたたない内に、台所でお昼頃倒れ、又夕方トイレで倒れた。息子が毎日来てくれていたので、すぐに抱きかかえて部屋へ連れて来てくれた。一日に二回も倒れて心配だからと、その日は泊まる事にしたと言う。息子の勘が当たり夜中に嘔吐と下痢でトイレの便器に頭を付けたまま動けなくなり、息子が救急車を呼んで病院へ運ばれ、そのまま入院となった。

入院し検査をすると、C型肝炎からきた肝硬変、神経調節性失神と診断された。肝硬変も大分進んでいる。なぜもっと早く診察に来なかったのか、と先生に娘と息子が叱られたと言う。それからは一進一退で、二か月、一か月半、三か月と入退院をくり返し、五つの病院を廻った。その四つ目の病院で、余命が半年であることを宣告された。平成二十四年五月、肝硬変が悪化し、ステージ三。ほとんど食事も飲み物も受け付けないほど衰弱し、いつ死んでもおかしくないほどになっていた時、娘がこのままでは母が死んでしまうと、色々と肝硬変の専門医や循環器の先生の居る、母を助けてくれる病院を探し、今入院している病院を退院した。佐野厚生病院に、循環器専門で栃木県でも有名な岡村先生がいらっしゃると新聞で見付け、診て頂く事にした。又そこには、以前日赤に私が入院した時御世話になった大庫先生も勤務なさっているという事で、娘は私を連れて診察に行き、すぐに大庫先生に診て頂けた。

診察してすぐに岡村先生に電話をして下さり、入院となった。入院して五日目、午後十時頃、岡村先生に娘が呼ばれ、お母さんも一緒に話を聞かれますかと言われ、今さら何を聞かされても、何度も死を決した身、今さら何を言われても怖くはないと思い、一緒にナース室へ行った。岡村先生の弟子の先生と四人で話し合いをした。「大変きびしいです。肝硬変が進んでおり、ステージ三でガンとのとなり合わせです。十一月か十二月頃までがんばれますか」と言われた。

その時、思った。もう茂も見届けたし、娘もりっぱとは言えないが人並みに育ってくれた。息子も優しく母思いの子供に育ってくれた。二人共私がいなくても生きてゆける。もう私は何もやりたい事もないし、この世に未練もない。疲れた。早く死んだ方が気持ちが楽になる。私の幸福は死んだ後で味わえる。そう思う日々が多くなっていた頃だったので、話を聞いてもさほど驚かなかった。

　十二月二十八日、一時退院した。少しは食事も飲み物も入る様になったが、薬の副作用で身体全体に湿疹が出来、とてもかゆいので、かいて全身が真っ赤になった。口内炎も口全体に出来、少しでも熱い物、味が強い物、又固い物などはほとんど食べたり飲んだり出来ない。一人で外にも出られない。入院中、病院の廊下を歩いていて倒れ、太ももの付根を二か所骨折した事があり、歩く時は杖か車椅子が必要だ。又娘に車椅子を押してもらって買い物や病院の中を廻る時も、何も一人では出来ない。

　息子が会社を辞め、今まで親子三人で住んでいた家を壊して、狭い団地の私の所へ引越して来ていた。私の介護をする事を娘と話し合って決めたと言う。自宅ではベッドの中での生活。食事、洗濯、家事一切を息子がやってくれる。食事もベッドまで運んでくれる。ベッドから離れるのは、トイレと週二、三回風呂に入る時と病院へ行く時だけ。二年半、こんな生活をしていた。

　第二の親代わりの小野さんの御主人も亡くなり、大好きな友人も、何でも相談出来た四歳年上の姉のような友人も皆、三十年、五十年と長く付合って来た親しい人達が、この五年間私が入退院をくり返している間に、八人（弟二人も入れて）もの人が亡くなり、淋しいこの世になってしまった。一番身体の弱い私を皆は「久美チャンがんばって早く元気になるのよ」と、いつも励ましてくれていたのに、その人達が急に私より先にこの世を去っていった。私だけが残され、何の喜びも楽しみもない。美味しい物も好きな物も、食べられず、飲めず、ただベッドで時々テレビを見て、ネコと話をするだけで、返事は返って来ない。それだけの毎日だったら生きている意味がないだろうにと、毎日ベッドから窓の外を見て、空の雲をボンヤリとながめながら、何で生きているのか、何で生きなきゃいけないのか、生きてる意味があるのか、と考える。

唯、日々一日たりとも忘れた事もない、最後に見た茂のあの日のあの目は、きっと何かを言いたかったのだろう。そして最期は自宅で看取って上げたかった。それらの事が悔やまれて、心の奥深くこの胸に突き刺さり、七年の月日が流れても心は痛み、悲しみから脱皮出来ず苦しんでいる。一日も早くあの世に行って両親に逢い、弟を元気にさせてあげられずに、苦しませたまま両親の元に行かせた私を許してと頭を下げたいことか。茂にも、心から満足に介護をしてあげられず、ショートや病院へ預けお世話をお願いした事を詫びたい。許してもらえるだろうか。何度ごめん、ごめんと謝っても、許してはくれないだろう。

私の所へ来て十二年の年月が流れたが、離婚する前まではどのくらい苦しんだのだろうか。離婚と言うより、その前に着の身着のままで追い出されて、その日まで鬼嫁の所でどれほど苦しめられていたのだろうか。かわいそうな茂、幸福を心から味わった時は少しはあったのだろうか。六十年の中での結婚生活二十三年間、この間、茂は幸福だったのだろうか。亡くなってから今年で丸七年が過ぎた。七年間、茂の事は一日たりとも頭から離れた事がない。茂に逢いたい、両親に逢いたい。茂が亡くなってから父は一度も夢枕に出て来てくれない。母は私達が子供の頃の場面で、何回か出て来てくれた。母の顔はいつもの優しい笑顔だった。

私の願い

今年で丸二年、入院する事はなかった。皮膚病も飲み薬と塗り薬のお陰でほとんど良くなり、口の中いっぱい薬の副作用で出来ていた口内炎もほとんど良くなり、食べ物や飲み物も食べられる数が増え、体重も増えてきた。

肝硬変は相変わらず良くならないが、今のところ、悪い方へは進行せず止まっていると言う。自分なりに診断すると、七年前よりかなり元気を取りもどしているように思う。これも皆、娘と息子と佐野厚生病院の先生方のおかげだ。

これで、心の病が良くなれば元気になれて、もう少し生きてゆけるかも知れない。

もう少し生きなければならない理由がある。行方不明の妹とその娘達を探さなくてはならない。そして弟二人の死を知らせ、下の弟のお骨を頂きに行かなくてはならない。

下の弟、正信は、再婚したが籍は入っていない為、お骨を取りに来てほしいと相手方より話があったのだが、現在まで延び延びになっている。私が一人で外へ出る事が出来ない為、まして東京まではとても行けない。やっと正信も三年前にテレビ番組の「逢わせ屋」という番組で見つけて頂いた。徳光さんや中尾彬さんの出演されていた番組で、当時十四、五年前から行方不明だった正信を探して頂き、やっと逢えたのもつかの間、茂にお線香を上げに来たのが最初で最後だった。私が身体が弱くて、その後正信に逢いにも行けず、逢って三年目に急にこの世を去った。せっかく逢えたのだから、茂の事も沢山話したかったたし、正信のこれまで生きてきた事も聞きたかった。だがもう何も話せないし、聞けない。私の身体が悪いのだ。自分が悪い、もっと気を付けるべきだった。もっと早く正信や妹を探すべきだった。何もかも後のまつりだ。後悔先に立たず。

悔やんでも悔やみ切れない。私の人生は、何もかも後悔の人生だった。何もかも、これで良いという事がない。みんな半端な事ばかりで何一つ成し遂げていない。結婚も好きな人とは一緒になれず、半端な結婚をして半端で終わり、介護も満足にしてあげられず、半端で弟を死なせてしまった。その下の弟と妹を探し続けたが、正信一人しか見つからず、その正信とも死という別れで何もしてあげられず、ただ逢えただけで終わった。私の人生はこれで終わるのだろうか。妹に逢えず、妹から見れば二人の兄がこの五年の間に亡くなった事も知らせることは出来ないのだろうか。毎日毎日私は仏壇に祈っている。妹とその子供達が元気に無事で居てほしい、そして、私が生きている間に逢わせてほしいと。私にはあとどれほど時間があるのか。

肝硬変と肝癌と隣り合わせで毎日生活している。C型肝炎でスミフェロンを打ちながら、三ケ月半も入院した。入院していて脱水症状や貧血を起こして倒れたり、薬の副作用に苦しんだりしながらがんばってみたが、細菌は消えず、厚生病院に移って、インターフェロンを打つ為と身体の衰弱の為入院した。二か月と一週間近く入院し、入院当時より元気になって退院した。その後三日に一度から週一で通院してインターフェロンを打ち、細菌が一まで下がったので一時止めたが、二か月後又細菌の数字が六に上がった。又週一で通院して七か月打ったが、七十歳の誕生日が来たので薬事法でインターフェロンが打ち切りになって、日が経つにつれ数字が又七にまで上がったため新薬をためす為に入院となった。C型肝炎の細菌が消えないかぎり癌の恐怖は消えない。いつも隣り合わせだ。

娘が十歳、息子が五歳で私が三十六歳の時離婚して、人並みではあるが、大きな病気をさせる事もなくケガもさせず、成人式も並ではあるが二人共祝ってやり、一生懸命昼夜働いて、育てて生きてきた事に免じて、何もしてあげられず迷惑を掛けっぱなしのこの母を許してほしい。そしてありがとう。これからも二人で協力し合い、健康に気を付けて、幸福になって生きてほしい。唯それだけが母の最後の願いです。

今は日々体の様子を見ながら終活を続けている。

立つ鳥跡を濁さず。

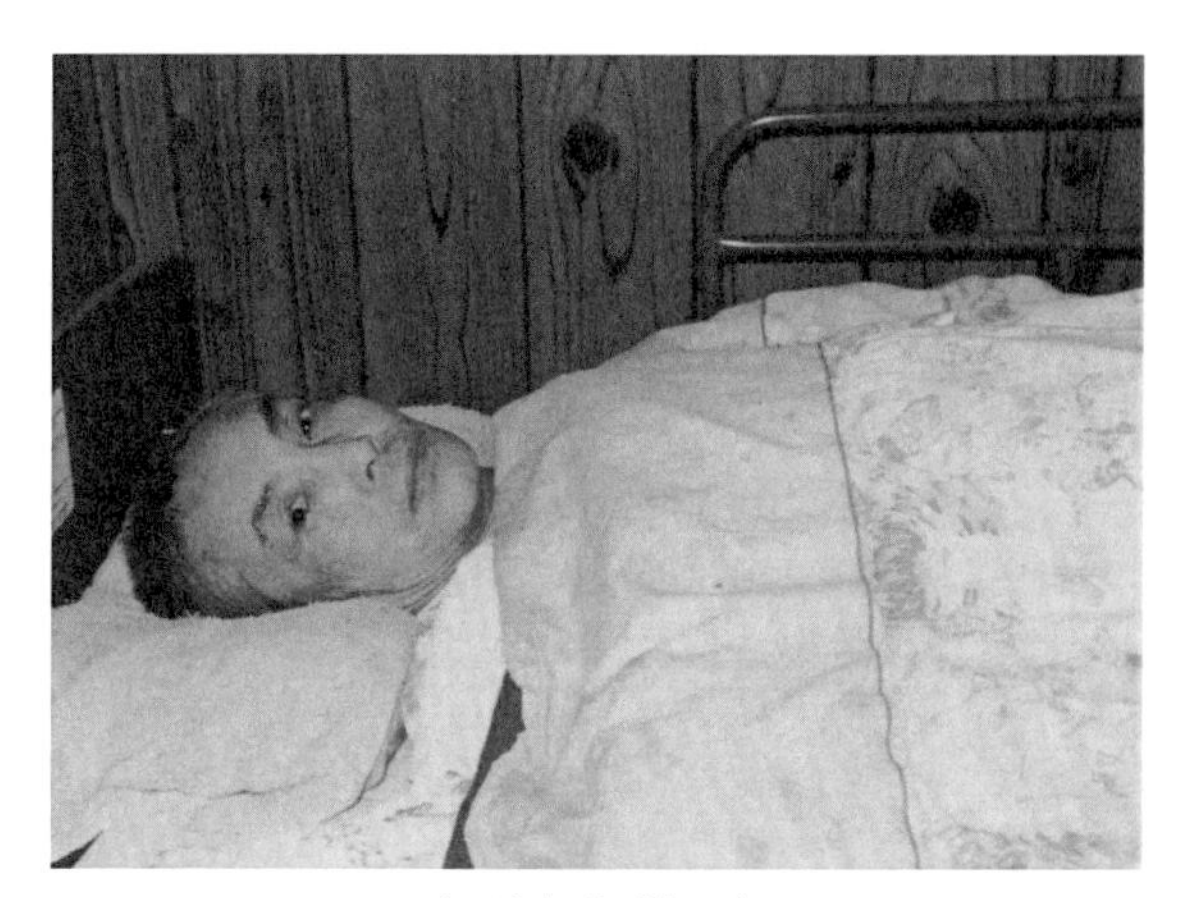

とても気分が良い時

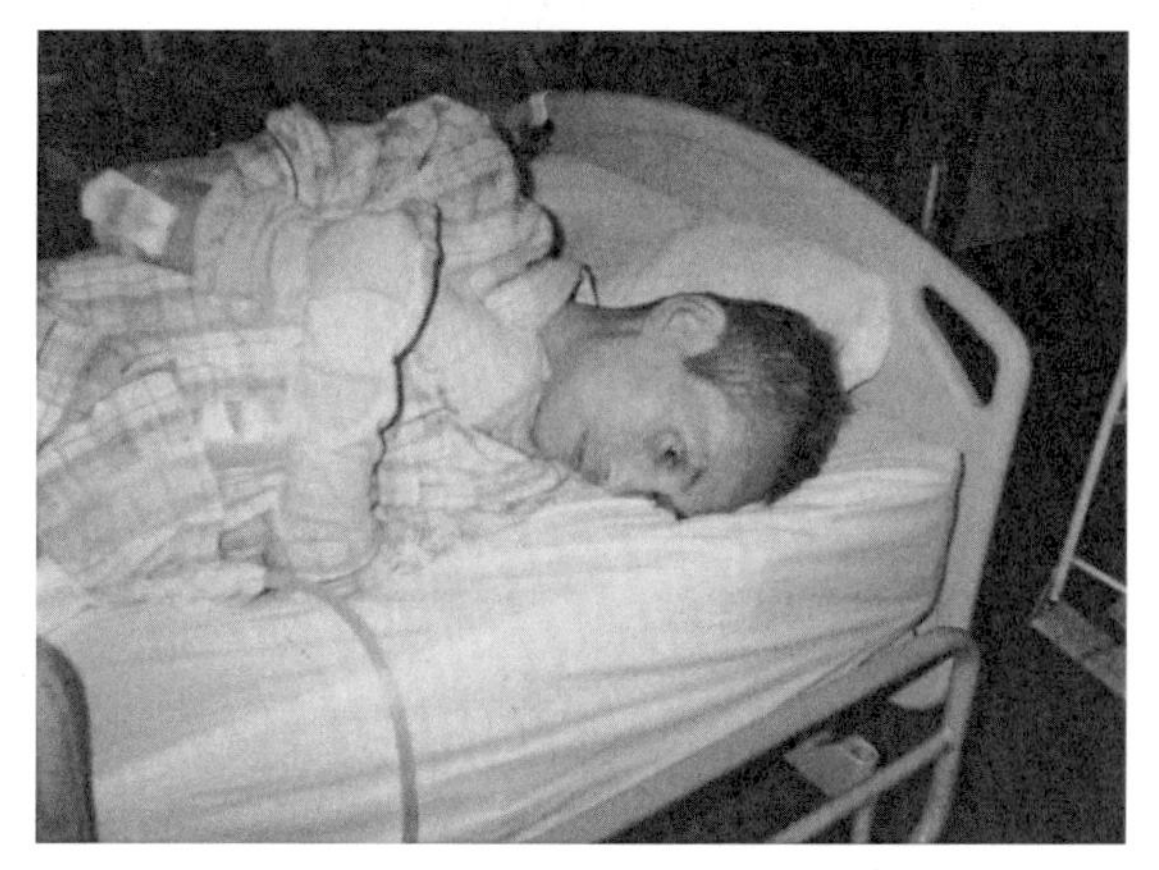

虐待された腕の傷

42名のヘルパーさんの中でもっとも長く明るくやさしく介護してくれた人　浅子さん

茂は浅子さんに息子のように甘えていた　近所を散歩

あとがき

現在の世の中で、介護を家庭でされている方が数多くいらっしゃいます。もし私が元気になれる事があれば、一人でも二人でも、介護者を励まし、心を分かち合い励ましてあげたいのです。花一輪の心でも差し上げ、私に手伝える事が出来るようになればと、毎日床の中にて思うばかりです。そして私が生きている限り、介護者の苦しみ、悲しみ、つらさの少しでも、ささいな事でもお話を聞いて、一つでもアドバイス出来る事があればして差し上げたいです。少しでも心の安らぎを与えて上げるお手伝いが出来ればと考えます。

テレビのニュースで、介護に疲れた夫や妻、子供達が、父や母を殺し、自分も後追い自殺をする、又は死にきれなかったという事件をよく拝見します。そのような人達を出さない為にも、何かお役に立てればと思っております。そして介護をなさっている方々に、もっと心に余裕を持って、楽しく過ごして欲しいのです。

国や県、市がもっと介護者に対し、差別なく平等になるよう、よく目で見て、耳で聞いて、安心して介護の出来る環境を作って欲しいと思います。

そして今日まで私や茂を、誰よりも手助けして下さり、アドバイスを下さったケアマネージャーの現在ＮＰＯ法人「風の詩」の副理事長をされている永島さん、そして永島さんを紹介して下さり、色々と幅広い分野で手伝って下さった愛光園の長さん、堀口さん、本当に心から感謝しお礼申し上げます。

又茂を長年にわたりお世話下さった、ケアマネージャーの黒尾さん、浅子さん、漆原君、菊地君、サニーケアの社長さん始め中島さん、本当に、本当によく茂の面倒を見て下さいました。心よりお礼を申し上げます。ありがとうございました。

著者プロフィール

松永 久美子（まつなが くみこ）

熊本県出身、栃木県在住。
バスガイド、美容師を経て現在に至る。
既刊の著書『姉チャン死ぬまでここに居てもいい？』創栄出版（2003年）

もう一度、茂に逢いたい
十二年間にわたる糖尿病の七つの合併症との壮絶な闘い

2024年4月15日 初版第1刷発行

著 者 松永 久美子
発行者 瓜谷 綱延
発行所 株式会社文芸社
〒160-0022 東京都新宿区新宿1-10-1
電話 03-5369-3060（代表）
03-5369-2299（販売）

印 刷 株式会社文芸社
製本所 株式会社MOTOMURA

ISBN978-4-286-24753-3